校园往事

（一）

张福臣　主编

武汉大学出版社

图书在版编目(CIP)数据

校园往事(一)/张福臣主编.—武汉：武汉大学出版社,2011.5
ISBN 978-7-307-08644-9

Ⅰ.校…　Ⅱ.张…　Ⅲ.散文集—中国—当代　Ⅳ.I267

中国版本图书馆 CIP 数据核字(2011)第 059494 号

责任编辑:郭　静　　　责任校对:黄添生

出版发行：武汉大学出版社　(430072　武昌　珞珈山)
(电子邮件：cbs22@whu.edu.cn　网址：www.wdp.com.cn)
印刷:武汉市新华印刷有限责任公司
开本：720×1000　1/16　印张:12.75　字数:184 千字
版次:2011 年 5 月第 1 版　2011 年 5 月第 1 次印刷
ISBN 978-7-307-08644-9/I·428　定价:16.80 元

编委会名单

（按姓氏笔画排列）

目　　录

风物志

小典

传奇

书斋

大讲坛

写在前面：梦归校园

一生漂泊，居无定所，食无规律，何况求学。小学几易其校，初中半途而废，大学校园，只在梦中，何况武大这等举世闻名的学府。未曾想，知天命之年，上天垂怜，偶遇知己，一步跨入梦中的校园。

从跨进校园那一刻起，站在刻着“文法理工农医”六个大字的百年校门下，立刻忆起几十年前的一个晚上，在如蚁的人群中，抬着“九大万岁”的标语牌从这座门步入珞珈。那是第一次进武大，我那年 13 岁。其后也偶尔挟着小凳溜进武大看过几次露天电影。

年复一年，日复一日，几十年瞬间过去了，当年，李四光骑着毛驴寻觅到的武大校址，司徒雷登以 6 万银元购得的北京大学（前燕园）校园，张伯苓创办的南开，如今都已是闻名世界的高等学府；当年，朱德徒步八百里求学，毛泽东在湖南师范求知；还有白卷英雄张铁生、反潮流的小将黄帅。伟人也好，凡人也罢，都已成为过去，成为历史，成为不可忘怀的往事。

知天命之年，溶进了魂牵梦萦的校园，虽然不能成为天之骄子中的一员，但也不会只是来去匆匆的过客。无论在现实中还是梦里，我都应是个“守望者”。朝阳升起时，举目望到“国立武汉大学”；夕阳西下时，凝视着“文法理工农医”。梦归——校园！

张福臣

二零一一年于珞珈山

校长的自白

从小牛倌到武大校长

刘道玉

人虽说有着巨大的认识能力，但是要全面地、正确地认识自己往往又是很困难的。直到耳顺之年以后，我才敢说对自己的性格有了一个基本的了解，它的形成受多方面的影响，但是主要还是来自于生于斯、长于斯的那片故土。

一、8岁开始私塾启蒙教育

1933年11月24日酉时（民国二十二年农历十月初七），我出生于湖北省枣阳县（现改为市）蔡阳铺北大刘坡。父亲是自耕农，主要是从事农业生产，苦心经营着6亩多薄田瘦地，农闲时也到蔡阳铺街上做点小生意，以补家计。母亲刘康氏，是襄阳县张家集人，娘家距大刘坡15华里。母亲自幼患眼疾，左眼几乎失明，她虽没有上过正规的学堂，但却通情达理，能背诵《三字经》、《增广贤文》等书中的许多“醒世恒言”。她信奉佛教，初一、十五吃斋，烧香念佛。看得出，她无时无刻不在为我们兄弟的成长、家人的平安和农业好收成而祈祷。她为人心地善良，乐善好施，但总是在生活上克扣着自己。母亲对我们的教诲是用心良苦的，无论是在勤奋励志还是处世待人等方面，我都深深地受了她的影响。我的家乡地处冈坡地带，最严重的问题是缺水，从我记事起，旱灾虫害连年不断，基本上是过着靠天吃饭的日子。每当久旱不雨的时候，全村的男女老少倾巢而出，戴着斗笠，披着蓑衣，带着供品，点燃香火，设祭坛，在烈日炎炎中跪在发烫的地面上，不停地向龙王爷磕头，祈求这位统领水族的大王兴云降雨。可是，龙王爷并没有开恩，年年祭祀年年干旱，在科学技术水平很低的那个时代，农民们既没有力量兴修水利，也不懂得“人定胜天”的道理。

我8岁那年开始接受启蒙教育，比城市的学龄儿童要晚了两年，原因是父母无力同时供给我们兄弟三人读书。我的启蒙教育是从私塾馆开始的，私塾馆位于10里之外的翟家古城。地处乡村的私塾必然要为农业生产服务，农闲开馆农忙放假，每年上学的时间大抵只有4个月。春夏秋农忙时，我们都得留在家里帮父母干农活。在学费方面，私塾也比公立学院低廉，方式也灵活多样。我记得每个月的学费是三斗大米，平均每年需交学费一石多大米。如果没有大米，也可以折换成小麦、高粱、布匹或现金交纳，甚至还可以赊欠。

翟家古城塾馆是由一位姓翟的秀才举办的，他年近花甲，视力稍有近视但没有配戴近视眼镜，念书时要把课本贴近眼睛。据说，他年轻时很有抱负，顺利地通过了乡试而获得举人的资格，但由于体弱多病，未能参加进一步的科举考试，入仕无望，只能抱憾隐居乡村以教书为业。私塾教授的内容，实际上是从中国传统文化启蒙开始的，《三字经》、《百家姓》、《增广贤文》是必读的课本，要反复讲解，反复背诵。翟秀才教书要求甚严，规定学生必须做到：坐立要端正，读书要出声，习字要工整，朗诵要押韵，背书不停顿。

私塾的学习生活是十分单调的。翟秀才总是一副面孔，学的内容周而复始，当然随着时间的推移也在不断地加深。从第二年开始，除了国文、习字以外，还教授算术和珠算，那时我们对珠算特别喜欢，这不仅仅是因为它在实际生活中很有用，而且它是那时惟一的形象化的教学。

我和二哥都深知，父母供给我们读书殊为不易，所以我们都十分珍惜这来之不易的学习机会。特别是二哥，13 岁才开始启蒙教育，更是发奋努力。但是，农村学习条件恶劣，再加之老学究空泛死板的八股式的教学，总是引不起我们学习的兴趣。我们感到最困难的是背书，有时老先生特别挑剔，指定你从第几行背到第几行，或命你倒背如流。每逢遇到这种情况，我们都很紧张，有时两腿直打颤，心里越发慌越是出错。凡是背不出或背诵出错者，都要受到惩罚，轻者罚站，重者用戒尺打手心，或用竹棍磕打脑袋瓜。我们同期学习的七八个学生中，无一例外地挨过他的打。我和二哥是两个极端，他在班上挨打是最多的，而我是挨得最少的。

体罚触痛的仅仅只是肌肤，伤害的却是心灵，起的作用是有限的而且是短暂的，我们随着疼痛的消失而把老师的训斥也抛到脑后了。体罚的一个负面效果，就是产生了师生之间的对立情绪。正由于我在儿童时有皮肉之苦的经历，所以我在一生的教育生涯中，才大力倡导博爱教育，不遗余力地呼吁废除一切体罚或变相体罚的惩办主义的教育。

我刚入私塾时，翟老先生见到我的名字后，摇晃着脑袋说："太俗，不雅。"于是，他挥笔将"道雨"改成了"道玉"，略思片刻，他又说："读书人应当有个字，我也给你起个字，就叫叔嘉好了。"他解释道："在古汉语里，伯、仲、叔、季是代表兄弟排行秩序的，你是老三当取叔字，玉乃嘉宝也，故叔嘉就是你的字。”后来，他在与我的一次谈话中说，一个读书人应当有远大的理想，是其志可嘉也。他还常说：“国家兴亡，匹夫有责。一个正人君子，应当做到嘉言懿行。”翟老先生是我平生第一个蒙师，我接受了他赐给的字，铭记他的教诲，并以之不断地勉励自己。

二、小小的牛倌

从记事起，我家就养了一头黑色老犍，它是一头阉割过的公牛。与一般公牛相比，它的性子驯顺，容易驾驭，易于育肥，体壮力大。

大约从6岁开始，我从二哥手里接过了放牧这头黑老犍的任务，由此开始了我的牛倌的生活。在上学期间的寒暑假，在农忙季节里，我都是与牛为伴的。放牛看似容易其实并不是一件很轻松的工作，在农村，从事放牧的大多是老人和儿童，也就是所谓的“半劳动力”。老人们瞌睡少，农牧经验丰富，了解牧草生长情况，能够把牛牵到青草茂盛的地方去放牧，所以每当傍晚归来，他们的牛都吃得饱饱的。刚开始时，我跟着老人们去放牛，但我的黑老犍总是没吃饱，每当父亲看到牛肚子瘪瘪的都非常生气，为此我不知挨了多少打。在受到惩罚以后，我心里很是不服气，想来想去，我想出两个好办法：一是起大早，抢在他们出工的前面，请母亲早早地叫醒我，天不亮揣上两个馍牵扯着黑老犍就上路；二是与老人相背而行，凡是他们常去的地方我都不去，他们朝西我向东，他们就近我走远。这些办法果然见效，从此我的黑犍子总是吃得肚子鼓鼓的，它的皮毛也变得油亮亮的了。

有一天，我起得太早，牵着黑犍子边走边让它吃草，不知不觉地来到了一片空旷的坡地，四周没有庄稼地，不担心牛吃了人家的庄稼。于是，我把牛缰绳盘绕在牛角上，让它自由地去啃草，而我倒在冈坡的草地上睡着了。一觉醒来，太阳已大半晌了，我揉了揉惺忪的睡眼，一瞧，黑犍子不在了。

我一古脑儿爬了起来，拿着放牛棍和草帽，一边哭喊一边寻找我的黑犍子。偌大的山冈，到哪儿去找呢？我感到很茫然。稍定神后，我猜想老犍肯定是寻水喝去了，于是我飞也似的向一片水田冲跑去。正好一位大爷在堰里放水灌田，我上前问道："大爷，你看见了我的黑老犍子没有？""你这娃子咋搞的，是睡忘了还是玩野了，你的牛吃了人家的秧苗，被下朱家的人牵回庄子去了，还不快去赔不是！"我一下子懵了，"哇"的一声大哭起来。我怕挨打，不敢一个人去，于是硬着头皮回到家里。

已是晌午了，正好父亲收工回来，他见我哭丧着脸问道："咋回事？""爹，我在冈坡上睡着了，老犍吃了人家的秧苗，被下朱家的人牵走了……"未等我说完，父亲暴跳如雷，举手甩了我两耳光，我不由自主地向后打了几个踉跄。他说："走，跟我去赔罪，把牛赎回来。"我们飞快地来到了下朱家，这是一个不足十户人家的小村庄。我们进村后，一眼就看到了我们的黑犍子，它被拴在一棵大槐树上。父亲找上户主家里，主人是个50开外的农民，为人也还算和善。经过友好协商，父亲提出赔两斗谷子，对方没再说什么，于是我牵回了黑老犍。

放牛和割草是我小时候的两项任务，而且是交叉进行的。每当犁田耙地之时，父亲和二哥都要把老犍牵去使用，这个空当中，我就背上箩筐去割草。既要为老犍准备当日的青饲料，又要为冬天储存晒干的绿色饲料，保证牲口越冬。与放牛相比，割草自由度大多了，有时和村里小伙伴们同行。在休息时，我们或爬树、掏鸟窝、捡鸟蛋，或跳到塘里嬉水、捉鱼，这些儿时的农村生活颇有趣味。我和三叔的小儿子道华是同月出生，他比我小半个多月，长得比我高比我壮。从小我们在一起玩耍，割草、拾粪大多也是结伴而行。他未上学读书，但是干农活样样比我强，爬树比我快，下塘摸鱼回回都不落空。那时，我幼小的自尊心受到了伤害，暗下决心要与他竞争，一定要比他做得更好。可是无奈，在耕田耙地、下田插秧、打鱼摸虾等各方面我都不如他，那时我似乎朦胧地懂得，如果以自己的短处去与人家长处竞争，那是永远不会得胜的。

三、栖人“檐”下的小学生活

大哥参加工作后，父母的经济负担相应地减轻了许多，从1944年秋季起，他们决定把二哥和我转到蔡阳铺中心小学读书，以便接受正规的教育。

我和二哥是以插班的形式转入这所小学的，他被编入四年级，我被分到三年级。旧时农村儿童发蒙较晚，我们的年龄与当时就读的年级是不相称的，特别是二哥已经16岁才读小学四年级，年龄的确是偏大了。但是，相对于那些没有机会上学的广大农村的少年儿童来说，我们还算是幸运的。

按照学校的要求，家居较远的学生一般要住读，但是要父母担负我们兄弟俩的学费和食宿，这显然是有困难的。我们采取住读不住校的变通的办法，春、夏、秋季走读，冬季借宿校外熟人家里。蔡阳铺北门外有一家油坊，父亲做过食油零售生意，与油坊的老板熟识。老板同意我们在他的作坊里借宿，自带柴米起伙，这样食宿比学校要便宜得多。

在春夏秋季里，我们宁愿起早贪黑地走读，往返于家庭与学校之间，这样我们就不必自己做饭了。走读最麻烦的是午餐，我们既不能在学校搭伙，更下不起馆子，只能自带干粮。农村是吃季节饭，收获了什么就吃什么，所以我们带的干粮也是随季节而变换的。一般情况下，我们是带馍馍、锅盔、高粱粑粑、蒸红薯。在母鸡下蛋的旺季里，母亲也会煮上几个鸡蛋塞到我们的书包里。这种栖人“檐”下和风里去雨里来的学习生活，一直持续了3年，直到我们毕业离开这所学校为止。中心小学的学习与私塾不同，不仅有正规的教学计划和教科书，而且学习的内容也多样化，实施全面的基础教育。我记得当时开设的课程有：国文、算术、公民、自然、音乐、美术、体育和余兴。所谓余兴就是课外活动，如跳绳、踢毽子、唱歌等，有时候由年级主任领导大扫除。

1945年春，学校决定进行一次童子军集训，受训内容包括队列训练、野营和抗日救国思想教育。集训按军事化要求进行，要求穿戴童子军服和帽子。母亲和大嫂用自家纺的布，自己染色，给二哥和我各制作了一套童子军服。我们穿着新衣服简直像过年一样高兴。

到了开训的那一天，教官一副刁钻古怪的模样，对我俩左看右瞅，把我俩从队列中喊了出来，大声呵斥道："咋搞的！你们的衣服不合格，做不起衣服就不要读书嘛！你们回家去吧，军训就不要参加了！"和我们一起受到惩罚的还有另外几个学生，他们也是因为经济困难而没有统一制作童子军服，或者连自制的童子军服也没有。

我们带着一颗受伤的心回到家里，向父母诉说我们的委屈。知儿者父母也，他们劝慰道："没有什么见不得人的，我们家虽穷，但没有偷没有抢，行不行不看穿着，要让人家瞧得起，你们就得发奋读书。"受到那次打击以后，坏事变成了好事，更加激发了我自强不息的精神，同时，使我对于不平等、不民主现象产生了厌恶。我决心要努力学习，要以优异的成绩讨回自己的尊严。功夫不负有心人，在小学的三年中，我的考试成绩每个学期都是班上第一名，特别是国文和算术两门功课，每次都是考满分。我的作文和日记，也常常受到国文老师的表扬，不时被他点名在课堂上朗诵，让同学们刮目相看。我的最大弱项是音乐，不仅压根没有一点兴趣，而且没有一个音乐细胞。用音乐老师的话来说，我是一个"五音不全的人"。我的大儿子维宁在小时候对我的形容是："爸爸唱歌像敲破锣。"及至老年，依然故我，我曾戏谑："我这一生是天不怕，地不怕，就怕哆、来、咪、发、嗦、啦！"

四、冒名顶替的初考

1947年夏天，无论对于我或是对于二哥来说，都是一个至关重要的时刻，它关系到我们的发展方向，甚至决定着我们未来的前程。

这年夏天，二哥小学已毕业。他经过刻苦学习，虽说学习成绩不甚突出，但也获得了合格的小学毕业文凭。

二哥对于报考初中继续学习显得信心不足，主要是他的年龄偏大，平素学习成绩处于中等。于是，他决定放弃参加升初中考试，回家务农做父亲的帮手。

我比二哥低一个年级，要到1948年夏方能小学毕业。当时，我在小学期间的学习成绩一直是优秀的，在当地还有点小小的名气。或许是望子成龙心太切，或许是担心我屈才，他们提出了一个“调包计”，让我持二哥的毕业文凭报考初中。那时，我也不知道打哪来的那么大的勇气，似乎未加思索，就爽快地接受了父母之命。

我记得报名应考的那天是一个烈日炎炎的大晴天，母亲让我换上了她洗得干干净净的棉布制作的褂裤，为我准备了干粮，还为我烧香念佛，祈祷菩萨保佑我。早饭后，二哥送我出门，大约送了两里多后与我分手，他嘱咐道：“要细心、沉住气，一定要考出好成绩！”

大约中午时分，我到达襄阳县二中，下午到报名处询问了报名的事宜。负责报名工作的是教导主任，他介绍说，报名除了出示毕业证书以外，最好提供一份举保人的担保书，后者只是保险措施，并不是必备的条件。当他得知我没有举保时，他勉为其难地说：“当然啦，你可以报名考试，但如果没有举保书，你录取的机会是很小的。”我说：“老师，我老远的来了，就让我报名试试吧！”也许是出于同情吧，那位主任同意我报了名，发了准考证，总算是“冒名顶替”混过了关。

接着两天是考试，应试的有国文、数学、三民主义和自然四课，安排在两天内进行。应试者300多人，据说只录取3个班共150人。考试题目有一定的难度，但时间较为充裕，因此我并不觉得慌张。但是，考完以后我忐忑不安的情绪却滋长了起来，因为有人说，凡是没有举保人的，一律不予录取。

那既使人喜又令人忧的一刻终于到来了，第五天的一大清早，学校在校门口的墙上张贴出红纸写的告示，公布了被录取的学生名单。“玉”是一个特征字，我试着从“玉”找起，看是否有“刘道玉”三个字。令我十分失望的是，看完第一遍后，没有看到“刘道玉”三个字。我有些紧张了起来，情急之中，我忽然想到我现在已不是刘道玉了，而是冒名顶替成“刘道启”了。我又正了正神，准备再从尾到头看一遍，就在快要看完之际，忽然“刘道启”三个字映入了眼帘，而且排在第三位的位置上。

从小学跨入中学，不仅意味着我从儿童时代进入了少年时代，而且还意味着从初等教育跨进了中等教育。在襄阳二中学习期间，最大的变化有两点：一是家庭经济状况略有改善，父母亲只供给我一个人读书，使我能够在学校食宿，较之过去生活正常得多了。二是我兴趣广泛了，除了学好学校规定的科目外，我还在课外时间阅读一些小说，如《西游记》、《水浒传》等。有一次，我从老师那里借来了一本小书《诺贝尔故事》，我为诺贝尔的发明成就而震撼，从此十分崇拜诺贝尔，这本书对我的一生产生了巨大的影响。

特　稿

司徒雷登魂回燕园之路

2010 年 5 月，国内媒体都转载了一篇新闻：美国第一位华裔陆军将军傅履仁逝世。其实，他父亲傅泾波曾是美国前驻华大使司徒雷登的秘书。父子俩 35 年来一直为曾任燕京大学校长的司徒雷登的骨灰依其遗嘱归葬燕园而努力，并最终在两年前通过傅履仁差强人意地完成——没有回到司徒执教的北京燕园却回到他出生的杭州。

建校初年的燕京大学

从立下遗嘱那天起，司徒雷登（John Leighton Stuart）似乎已料到自己“回家”的路注定不易。所以在1955年立下的遗嘱里，这个基督徒“指令”将自己的遗体火化。

“基督徒死后一般是不火化的。”燕京大学校友姚林杰说。只是，他和他的老校长都没料到，这趟“回家”之路，竟让司徒雷登在死后整整等了46年。

低调沉默的下葬

2008年11月17日上午，在杭州半山安贤园文星苑一座已经挖好的墓穴前，白发苍苍的姚林杰时不时向路口张望。和他一起的，还有6位80岁左右的燕京大学校友。在来这里之前，他们7个人的审查材料，早已由燕京大学北京校友会上报给国家外事部门备案。

司徒雷登

在有关部门审批后，他们获准分别从北京和上海前来杭州，参加这场凝重的骨灰下葬仪式。出席这个仪式的，还有美国驻华大使雷德、美国驻上海总领事馆总领事康碧翠，以及浙江省和杭州市主管外事的官员。此前，存放在美国的骨灰已经由美国国务院派专员送到上海。

一名工作人员将一盒骨灰转交给傅履仁将军和蒋彦振。随后两人亲手把骨灰放进墓穴。傅履仁是司徒雷登当年在中国的助手傅泾波的儿子，也是美国百人会现任会长；蒋彦振则是燕京大学北京校友会常务副会长。

骨灰很快被工人用泥土掩埋，黑色的墓碑被迅速竖起。墓碑上，大幅的头像下面，只是用中英文对照写着“司徒雷登，1876—1962，燕京大学首任校长”，再无其他。

司徒雷登

葬礼在几段简短的致辞和三鞠躬后结束，前后持续了三四十分钟。

11 月 18 日，浙江当地的媒体报道了这一消息。从此之后，即便是当事的人们，对于已经举行的那场下葬仪式，大多也不愿意多谈。

“我们只是配合工作，想了解具体情况，可以去找省外办，或者具体承办这事的杭州名人纪念馆。”杭州市外事办公室的工作人员告诉中国青年报记者。

“坦白讲，这事上面交代了要尽量低调。我们什么都不方便讲。”杭州名人纪念馆副馆长房友强很坦诚地说。

而浙江省外事办公室新闻文化处处长的态度更是坚决：“骨灰下葬事先的一个要求就是低调进行。省内媒体报道一下就可以了，我们不接受省外任何媒体的采访。”

59 年前，毛泽东以一篇《别了，司徒雷登》，同燕大的这位创办人、时任美国驻华大使挥别。与那样的高调相比，低调似乎成为司徒雷司徒雷登此次归来的唯一主题。

11 月 23 日，星期天。杭州市下城区耶稣堂弄的基督教会天水堂里，像往常一样传出基督教徒们唱诗的声音。司徒雷登的父亲 1875 年曾在这里担任教堂的主持。如今，司徒雷登的半身塑像，正立在距离教堂大约百米的堂弄里，那里也是他故居所在的位置。塑像对面的长凳上，一位纳着花鞋垫的中年妇女，正与人凑在一起说着家庭琐事。问及司徒雷登这个名字，她们摇了摇头，对6天前已经举行的下葬仪式，她们更是一无所知。

"落叶归根嘛，埋回来了挺好。"一位当地出租车司机说。他看了当地的报纸，才知道"原来语文课本上这个名人出生在杭州"，但他不知道，其实司徒雷登最想将自己的骨灰安葬在北京的燕园。

一波三折骨灰难回燕京

"如有可能，我的骨灰应安葬于中国北平燕京大学之墓地，与吾妻遗体为邻；我并指令，如果此种安葬证实不可能，则上述骨灰可安葬于其他任何地方，此种决定及变更之选择由我的朋友和同事菲力傅（即傅泾波）及妻子作出。"司徒雷登在遗嘱中写道。

然而燕京大学已经不复存在。尽管在1949年的开国大典上，毛泽东在天安门城楼向游行队伍里的燕京大学师生挥手致意，并高呼"燕京大学同志们万岁"！但1952年院系调整后，这所著名的教会大学便被撤销，其工科并入清华大学，文科和理科并入北京大学，校园也归属北京大学。

司徒雷登虽然在1954年表达过对此事的怨言，但一年后立遗嘱时，还是毅然选择火化，并希望回到他一手创办的校园入土为安。

于是，46年来，将司徒雷登骨灰归葬燕园，成为傅泾波父子和一些燕京大学校友无时无刻想了却的心愿。但这条归葬之路，并不那么顺利。

据《司徒雷登与西湖》一书的作者沈建中介绍，早在1973年，傅泾波应周恩来邀请访华时，已向有关方面提出请求将司徒雷登骨灰安葬在燕园。11年后，在他会见了时任中共中央军委副主席的杨尚昆后，再次向有关方面提出同样的请求，并在同年致信邓小平，提出骨灰安葬，并提出要将解放前周恩来赠送给司徒雷登的花瓶归还中国。1986年6月，中央同意接受花瓶。而北京大学则致公函给傅泾波，同意司徒雷登的骨灰以原燕京大学校长的名义安葬于燕园临湖轩。

“不料一群‘马列主义老太太’联名反对，事情不得不搁置。”燕京大学校友王百强回忆。1987 年 4 月，傅泾波接到中国驻美大使馆通知，此事暂缓办理，因为有人发起联名上书反对司徒雷登归葬燕园。而据沈建中介绍，为首的上书者，正是司徒雷登当年一位秘书的遗孀。

一年之后，傅泾波逝世。去世前，他将司徒雷登骨灰归葬燕园之事嘱托给燕京大学校友林孟熹。

及至 1999 年初，北京大学在研究司徒雷登骨灰回葬燕园的事宜后，得出结论，“按照人道主义的原则应予同意，但宜低调进行；并同意再次上报中央有关部门”。

然而事情刚有转机，当年 5 月，美国轰炸中国驻南斯拉夫大使馆，中美关系骤然紧张，司徒雷登骨灰安葬燕园一事不得不“缓办”。

司徒雷登故居碑

事实上，燕京大学校友发现，如今的燕园，在司徒雷登曾经工作和生活的临湖轩等地，已然找不到与司徒雷登有关的任何痕迹。他的妻子1926年死后所葬的燕园以东的燕大墓地，后来也改作社区体育活动场，只有周围的松树林尚存。

姚林杰曾经专程去燕园转了一圈，最后只剩下一句感慨："偌大的燕园，竟容不下一个司徒雷登！"

杭州故居的拆与建

但在杭州，姚林杰发现，与司徒雷登有关的痕迹还依稀可寻。

1996年，姚林杰和在杭的燕京大学校友一起，拜访了耶稣堂弄里一座昏暗的二层小楼。意外发现楼下挂着一块牌子，写着"司徒雷登故居"六个字，既没有署名，也没有日期。他后来得知牌子是1985年悄悄挂上去的，因为文物部门把这里认定为一个文物点。"杭州市没有忘了司徒雷登。"有校友很快在燕京大学校友通讯上撰文写道。

但4年后，这幢老房遭遇了拆迁。由于故居被产权单位认定为"危房"，一夜之间被拆除。姚林杰回忆，"拆下来的梁柱和楼板等原装木料，被连夜运到了湖州"。据当地媒体报道，司徒雷登故居只剩下"两面残墙一堆断柱"。而拆除故居的目的，是"为了建单位宿舍"。

好在拆迁事件一出，舆论哗然，备受社会各界关注，司徒雷登故居于2001年6月15日开始复建。但市政府2000年的一个会议决定，"故居修复后可作办公用房，也可作住宅使用"。

姚林杰对此不能接受。于是，他拨通了杭州市市长热线12345，以燕京大学在杭校友的名义反映问题。

问题很快在2001年10月10日得到时任杭州市市长仇保兴的批示。这位即将进京赴任的官员在离任前一句简短批示，改变了司徒雷登故居的命运。也是在这一年，杭州市文物部门以240万元购得司徒雷登故居的房屋产权。

但曲折依然不断。就在姚林杰和燕京大学北京校友会正为故居复建奔走呼吁时，有人以燕京大学校友的身份，致信当时的浙江省委领导，坚决反对复建司徒雷登故居。

当姚林杰当面拜访这位校友询问反对原因时，对方回答：“因为司徒雷登是毛主席点名批评的人。”像这位燕大校友一样，绝大多数人对司徒雷登的了解，仅仅来自《别了，司徒雷登》一文。在1956年出版的《毛泽东选集》里，对司徒雷登的注释是：“他一向是美国对华文化侵略的忠实执行者。”不过在1991年出版的《毛泽东选集》里，这条注释被删掉了。

“尽管领袖那么说，但我们燕大校友大多明白司徒雷登是个什么样的人。”80多岁的王百强在电话里说。他是参加骨灰下葬仪式的燕大校友中唯一见过司徒雷登的人。至今在他的记忆里，司徒雷登是那个新生入学开学典礼那天，挨个与他们握手，并俯身询问他姓名的老校长。

姚林杰和他的校友们认识到，有必要还原老校长的本来面目。为此，姚林杰曾专程到北京，要求校友会出面，邀请燕大著名校友雷洁琼、吴阶平、

司徒雷登墓

周南等人题词，并邀请燕大校友、曾任全国人大常委会副委员长、国务院副总理、外交部长的黄华为故居题写匾牌。

他们的努力，也得到了傅家人的回应。2002 年 10 月，傅泾波的女儿傅海澜，通过燕京大学北京校友会向司徒雷登故居捐赠了第一批司徒雷登的遗物。从此，那些为司徒雷登归葬燕园奔走的人们，开始慢慢把目光从燕园向杭州转移。

2003 年，傅海澜再次通过燕京大学北京校友会向司徒雷登故居捐赠遗物，并在当年 10 月造访司徒雷登故居。2005 年，复建的司徒雷登故居正式对外免费开放。

而在这段时间，司徒雷登骨灰归葬燕园的事情，依旧被告知“暂缓办理”。受托办理此事并奔走于中美之间的林孟熹，未能完成故人嘱托，在 2006 年 1 月辞世。

退而求其次回到故居

林孟熹离世后，司徒雷登骨灰归葬燕园的重担落到了傅履仁的肩头，年逾古稀的傅履仁感到了时间的紧迫。在一位燕京大学校友的帮助下，傅家人也加快了清理和捐赠司徒雷登遗物的速度。

2006 年 8 月，傅海澜决定将刚刚清理出来的一大批遗物捐献给司徒雷登故居。不料这批遗物在运抵萧山机场后，被杭州海关扣留。海关视这些遗物为贸易货物，要求收件方缴纳 17% 的关税。据姚林杰回忆，经过杭州市有关方面的努力，海关只同意将衣物、皮箱、中文书籍等放行，而司徒雷登的日记等则被视为非法出版物，不允许入境。后来因为傅履仁决定于 2006 年 11 月 9 日参访司徒雷登故居，杭州海关在收了一两万元的保管费后，才匆忙放行。

参访时，傅履仁当场向故居捐赠了一把刻有“杭州市荣誉公民”字样的金钥匙。这把金钥匙，是 1946 年由当时的杭州市市长赠给司徒雷登的。

在历经 60 年沧桑再回到杭州时，表面的镀金已部分剥落。

2007 年 12 月，傅家向杭州司徒雷登故居捐赠了最后一批遗物。在姚林杰看来，“此时，与司徒雷登相关的一切，只剩下骨灰没有回到中国”。

最终，74 岁的傅履仁选择了在自己的有生之年，完成司徒雷登的遗愿，尽管安葬的地点，并非司徒雷登最期望的燕园。

现在，这位颇多争议的美国人安息在半山安贤园的文星苑，躺在他身边的，多是生前从事艺术和教育工作的人们。与文星苑一路之隔的，是掩埋着一些老干部的功勋苑。但不管怎样，“司徒雷登回来了”。

附 1：燕园和北京大学

1920 年北京通州协和大学、北京协和女子大学及北京汇文大学合并，建成燕京大学，校长司徒雷登从军阀陈树藩手中以六万银元买到了淑春园和南部的勺园故址作校址（今北京大学校址），由美国建筑师墨菲（H. K. Murphy）负责校园规划设计。墨菲的设计首先体现着中国古典建筑的风格：山水相依，湖岛相伴，红墙灰瓦，雕梁画栋。它的建筑布局则采用了主次分明的轴线系统，并以此为脉络展开。第一条主轴线，以西校门为起始点，通过办公楼，越过山林、湖面，穿过湖心岛亭，延伸到东面湖岸；第二条主轴线从南部第二体育馆为起点，穿过一至六个大庭院，越过山林，到达两组建筑中间。这样的设计在当时的效果也是让墨菲声名远播，更博得“建筑界范品”的美誉。如今也有人评价它源于自然，高于自然，不仅实现了建筑功能与环境统一，建筑艺术与环境协调，也让传统民族风格的个体建筑与古老园林风格相协调，让纵横交替的建筑轴线布置与园林环境相互渗透，用建筑组群形成和谐的韵律，用建筑与山水、道路、树林相融合的空间序列，使人产生多种美的感受，体现了建筑特有的人文关怀。

北京大学于 1952 年从内城的沙滩搬迁到西郊的燕园，从此燕园成为北京大学所在地。

附 2：司徒雷登购燕园

1920 年，乍暖还寒的季节，受任燕京大学校长的美国牧师司徒雷登来到十三朝古都西安。他此行的目的，是想用 20 万大洋买下陕西督军陈树藩在北平购置的肄勤农园，作为燕京大学将要扩建的校舍。

陈氏所置的园子是明代米万钟创建的勺园，清初收为清廷所有，称为淑春园，也叫十笏园。后来，乾隆皇帝把淑春园赏给宠臣和珅。凭借雄厚的财力，会玩的和珅把淑春园装扮成京城屈指可数的私人园林。和珅被嘉庆皇帝问罪赐死后，淑春园属内务府管辖。后来，道光皇帝又把淑春园赏给了多尔衮的后人睿亲王仁寿。因此，淑春园又被称为睿王园。1860 年，英法联军火烧圆明园，殃及与之毗邻的睿王园，昔日冠绝京华的园林被破坏殆尽，只留下山形水系和石舫基座。民国年间，陕西督军陈树藩以两万银元从睿亲王后人德七手中买下这处颓败的园林旧址，修建了别墅和家庙，以供其老父安享晚年。

司徒雷登来到西安，找到在西安中学任校长的牧师董健吾。董牧师慨然允诺，充当说客，前往督军府游说，不料陈督军以此园的“留让之权，全在老父”为名，没有同意。首吃闭门羹，司徒雷登毫不气馁，他得知董健吾与水利专家李仪祉之父李桐轩、陈树藩之父陈声德都是秦腔票友，就怂恿董健吾找李桐轩与陈父面谈。酒过三巡之时，李桐轩问陈父：“柏生（陈树藩的字）为你在北平置购的花园别墅现在谁在享用?”陈父说：“我不去住，柏生不去住，只是雇了几个园丁，打扫清洁，保护树木，费用倒不少，不如卖掉它，倒去掉我一桩心事。”李桐轩说：“正好燕京大学校长最近来到西安，要与勺园的主人见面，你能否把勺园让给燕大做校址，这也是利国利民的百年善事。”陈父并非草莽之人，当面表态：“这事可与柏生商量，至于价格嘛，二十万大洋加中间代笔及两年的园子保养费，合起来近三十万银元。”董健吾一听有门，待到便宴结束，就直奔司徒雷登的下榻处。司徒雷登一听，大喜过望地说：“我已从美国募到一笔巨款，除付园价外，还可修建几幢华丽的校舍和教授住宅。不怕卖方开价高，就怕不卖。”

当天晚上，董健吾与司徒雷登如约来到西大街的督军府，李桐轩老先生与陈树藩出资兴建的承德中学校长董雨陆也应邀到席。陈父出来了，众人纷纷起立以示尊重。接着，陈树藩开始发言。他说：“我购置勺园，是为家父晚年退休养老之用，绝无出让之意，也无谋利之图，有朋友劝我价让燕大，这有违我聊尽孝道的初衷，我是坚决不肯的，毫无商量的余地……”说到这里停顿了一下，司徒雷登听到此心里咯噔凉了，与董牧师用眼光对视了一下，不知所措。陈树藩继续讲下去：“我遵循家父宏愿，不是卖给燕大，而是送给燕大。”司徒雷登听了，岂止是高兴，那简直是激动得要落泪。

经过协商，陈树藩答应将勺园以六万大洋的低价让给燕大，其中之两万元作为基金资助寒苦学生。岂料陈树藩话锋一转，又说：“不过，我要求司徒博士答应我三个条件：一是在燕大立碑纪念捐献勺园的家父；二是承认我在西安创办的承德中学为燕大的附属中学；三是承德中学有权每年保送五十名毕业生到燕大上学，一律享受免费待遇。”

此时，司徒雷登心里非常高兴，迅速站起来，向陈氏父子和到席的诸位依次鞠躬，并致辞答谢：“尊贵的督军和尊翁慷慨之举，不仅值得我在中国广为赞扬，而且也值得我回到美国广为宣传。勺园赐给燕大为校址，此举意义极大，一来纪念了尊翁，二来提高了承德中学之地位，三是使寒苦学生有得以深造的机会，四是促进了燕大的发展，中国古圣有云‘为善最乐’。今天，督军与尊翁所行之善举，一举而有四得，其乐无穷啊！”1946 年，司徒雷登出任美国驻华大使，他的燕大岁月也结束了。

资料来源：袁春乾《燕园往事：司徒雷登与军阀陈树藩》(西安日报)、王波文《司徒雷登葬杭州》(中国青年报)

人物志

朱德在川大求学的档案

四川大学举行纪念朱德同志诞辰120周年座谈会时披露了朱德在1906—1908年在川大求学时的“绝密档案”，当年曾与老总有过亲密接触的校友也首次讲述了不为人知的往事。据悉，朱德所学的国文、数学、教育学、心理学、生理卫生、教授法等13门课程的成绩以及学籍史料都在校庆期间于川大校史馆展出。

1906年9月，年近20岁的青年朱德，从仪陇县步行700多里来到四川省府成都，以“朱建德”的名字投考设在南较场的四川高等学堂，也就是今日的四川大学。据川大档案馆老馆员林其钰介绍，抗战时期，川大学生的学籍档案随校方转移到了峨眉山，战火中，很大一部分档案遗失损毁了。这份名为“朱建德”的档案幸运地保存了下来，但却由于没人知道朱老总的名号而被束之高阁。新中国成立后，朱老总一天无意中向周围人说起自己曾用“朱建德”求学的经历。20世纪70年代中期，中央军委派人来川查找这批史料。经过一番搜寻，珍贵的档案终于找到了主人。1985年校庆时，校方向外发布了持有这批史料的消息。

朱老总的学籍档案和那份珍贵的成绩单已经泛黄，纸页上用清秀的毛笔字记载着：“体育学院甲班学生第二学期姓名年龄籍贯册……朱建德仪陇人年20岁”。相比其他不少21岁、24岁的同学，朱德算是比较年少的，但他的成绩却让人刮目相看。13门成绩平均82.3分，心理（98）、算术（90）、教练（92）三门功课在90分以上，图画70分、品行65分、国文70分，器械100分，而器械几乎是该班一个软肋，在同一页成绩册上的20名同学，有6名不及格，最低分为10分，可想见当年老总的英姿。

近两年的学习，让朱德收获颇丰。据朱德事后回忆，年少的他记忆最深的是，图书馆和他上课的教室都悬挂着大幅的世界地图和地球仪，让他发现世界如此之大。

资料来源：刘静、谢梦

叶君健的大学生活

徐正榜　余学煜

叶君健

1982年初冬，刚从牛棚里走马上任的68岁高龄的中国作协书记处书记、著名作家、翻译家叶君健，在日理万机中利用外出调研机会，第一次回到阔别了46年之久的学习和战斗的母校——武汉大学。在刘道玉校长的亲自陪同下，他找到当年用世界语创作第一篇小说《岁暮》时所在的老斋舍，为“一二·九”运动游行制作标语、横幅的理学院，与谢文耀、林守正等进步同学相互倾吐心声的东湖栈桥和珞珈小径。近半个世纪前的珞珈山上武汉大学的学习和战斗生活，在叶君健的脑海里仍是那么清晰、热烈。

转学武大

1933年9月，叶君健由美国教会创办的华中大学转入国立武汉大学文学院外国文学系二年级就读。允许转校入学，是武汉大学的一贯传统，转学手续也挺简便。7月15日，叶君健凭华中大学的转学证书就填报了《国立武汉大学转学报名表》，经过三场考试和体检，再由相识的武大经济系二年级学生贺炽凡、彭俊毅两同学担保，加上一名经济担保人签字，转学手续就完成了。叶君健为何要由教会大学转入国立武大？找遍叶君健的所有回忆文章，均未提及此事。对此能作解释的也许是当时的国立武大声誉日隆、师资雄厚、学风严谨、学费便宜等因素。从叶君健的转学报名表是第43号可以看出，当年报名转学武大的人数相当多。李四光、王世杰等领导兴建的武大珞珈山新校舍正在荒山上崛起；陈源、方重、袁昌英、周鲠生、梅汝敖、刘永济、吴其昌、李剑农、范寿康、杨端六、缪培基、王星拱、汤佩松、曾昭安、张镜澄等大批名师鸿儒荟萃珞珈山；国立武大的四大学术刊物在国内外发行；蔡元培、李四光、胡适、威廉马丁、米勒等国内外名人来校讲演；学费方面，武大每生每学年10元，比教会大学减少一半，住宿不收费，伙食每月7元，吃得相当不错。这些对于家境贫寒、勤奋好学的叶君健等人，转学来武大，自是如鱼得水、顺理成章之事。

名师教诲

1933年9月，叶君健插入武大外文系二年级时，恰逢著名教育家、化学家王星拱执掌校政，著名文学家、外交家陈源担任文学院院长，著名教育家、外国文学家方重担任外文系主任。

叶君健在武汉大学的3年岁月里，外文系共开设了24门必修课，18门选修课。其中，二年级时（1933学年度）必修课7门、选修课6门，三年级时（1934学年度）必修课9门、选修课4门，四年级时（1935学年度）必修课8门、选修课8门。在42门必修、选修课程中，英文及作文、英国文学史、英诗、散文4门必修课由系主任方重教授讲授；欧洲小说、翻译2门必修课由文学院长陈源教授讲授；戏剧入门、欧洲戏剧沿革、高级法文3门必修课由著名文学家、珞珈三女杰之一的袁昌英教授讲授；中国文学史（必修）、中国小说史（选修）由著名文学家、珞珈三女杰之一的苏雪林教授讲授。此外，周鲠生、刘永济、陈登恪、朱东润、徐天闵、高翰、陈嘉、罗伦、时昭瀛、陈祖源、李儒勉、胡光廷、范寿康、程乃颐、格拉塞、欧尔文、捷希等教授为他们讲授国际公法、国际政治、西洋哲学史、中国外交史、欧洲通史、教育哲学、心理学、文学批评、英国小说、德文、拉丁文、词、戏曲、诗名著选等必修或选修课程。叶君健后来能用10种语言写作，毕生创作和翻译量达500多万字，成为著名作家、文学翻译家、外国文学研究家而享誉中外文坛，与他在大学时代打下的广泛学识结构基础不无关系。

叶君健和夫人

在武大担任外文系主任长达13年之久的方重教授，在时隔半个世纪的80年代，回忆他在武大执教培养的万个学子中，最杰出当数叶君健、刘佛年两人。老系主任方重教授对叶君健的评价是："他在武大求学时，勤奋好学，深得学校延聘的一位英国诗人的赞赏，使他在英文写作中有了长足的进步。"

赞赏和帮助叶君健的英国诗人，名叫朱利安·贝尔（Gulian Bell），出身于英国文坛名家，父亲母亲是著名的"布鲁姆斯伯里"集团中核心人物之克莱夫与范奈莎。贝尔是他们的长子，1933年9月由中英董事会推荐来武汉大学外文系任教授。贝尔一来武大，就担负起外文系三、四年级的主要必修课英文及作文、莎士比亚、文学批评3门重量级的必修课和近代文学及其背景、近代文学选读2门选修课。年轻的贝尔教授讲课既认真严肃又新颖出奇，不到一年亲手编写印刷的教材达五六种之多。作为诗人，他笔耕不辍。有一次，系主任方重教授到他的课堂上听课，却见他正在让学生进行写作，而他自己则在教室后排空位上沉思作诗。他还负责武大的英语演讲比赛、书画比赛，以诗人的激情积极参与师生组织的各类课外活动，深得全校师生的敬重。贝尔当年住在半山庐单身教职员宿舍，喜好文学创作的学生常在他的宿舍海阔天空地胡吹到天亮，他也常去学生宿舍，有时干脆与学生同榻而眠。叶君健的英语和文学基础很好，学校安排的课程对他而言相当轻松，因此他有足够的时间与贝尔教授进行交流与沟通，并得到贝尔教授的赞赏和器重。两人虽说是师生关系，实际上亲如兄弟。

1936 年夏天，贝尔即将离任归国，叶君健毕业找不到工作。两人结伴而行，带着一杆猎枪，沿着红军第四方面军北上抗日的长征路线，由鸡公山步行到四川、甘肃等地，沿途拍摄了不少中国西部农村贫穷和壮丽山川的照片。大约在 1936 年底，贝尔教授离开武大回国后，投身英国反法西斯阵营。1937 年在西班牙反法西斯战场上，因护送伤员被炮火击中，英勇牺牲。

贝尔与叶君健结下的深厚的师生友谊，没有因时间的流逝而夭折。6 年后的 1943 年，叶君健被选派到英国做“战时宣传鼓动员”。此时，恩师贝尔虽然已不在世，叶君健仍然得到贝尔家族和朋友的大力支持和热情帮助。在英国，叶君健以贝尔恩师为榜样，几乎每天奔走于城镇、农村、兵营，用娴熟的英语向英国各阶层人士讲述中国人在万分艰苦的情况下英勇抗击日本侵略者的可歌可泣的业绩。他的演讲，不仅鼓舞了英国人民抗击法西斯的勇气，并且得到他们对中国抗战的同情和支持。于是，他们纷纷为“英国援华委员会”捐款，支援中国抗战。

立志创作

1983 年叶君健回忆说：“在中学读书的时候，我就开始写些短文章，在校刊或小报上发表。但真正写文学作品，在我说来，也就是写小说，那却是在武汉大学外文系二年级时开始的，也就是说在我 19 岁的时候。”叶君健的“处女作”《岁暮》是用世界语写作的，此后一发不可收拾。从 1933 年开始，只要有空余时间，他就不声不响地用世界语写小说，到 1936 年毕业的时候，他已经写了相当数量的作品。毕业前夕，他从中挑选了十七八篇，结成一个集子，名为《被遗忘的人们》。

叶君健走上创作道路不是偶然的。1996 年，82 岁的叶君健在回忆创作道路时说：“为什么要搞创作呢？我读外国文学系是个因素——对文学有兴趣。但主要是心中积压了许多对当时社会、一般下层民众和苦闷的知识分子以及我们国家命运的感触。我有一种冲动，想把我心中积郁的情绪写出来。我决心通过小说的形式来表达，我的‘文学创作’就是这样开始的。”

叶君健出生在贫穷的大别山区红安县，父亲叶秋桐以做小生意为生。14岁之前，他亲眼目睹和饱尝山区农民的一切艰难困苦，14岁随二哥到上海，又目睹帝国主义压榨下的市民生活。高中时期的叶君健，在上海“看到了一点舶来的物质文明后，很想学点当时我认为有用的知识，如数学、物理、化学和外语等，打算以后做点‘科学救国’的工作。但新的情况使我改变了主意。”

促使叶君健改变主意的正是日本入侵中国！叶君健在武大的三年，正值国难日趋严重之时。珞珈湖山虽美，亡国的阴云阵阵紧逼。当时叶君健所在的外文系二年级，只有6个学生，加上叶君健才7人。三年级时，有一位湖北籍同学因家贫而休学，好在从平津转来一位山东籍同学，到毕业时仍有7条汉子。当时的武大，名师荟萃，群贤毕至，忧国忧民者，不乏其人。被迫戴上“不抵抗将军”牌子的张学良，在武大被学生列入“不受欢迎的人”，差点挨了揍。

叶君健到武大的第一次全校大会是开学典礼，那天正是9月19日，王星拱校长在大会上说：“今日是1933年度本校举行开学典礼的日期。同时，我们又深切记得昨日是‘九·一八’，是日本占据东三省的国难纪念日。我们的情绪，一方面是欢喜，一方面是悲愤。所以今天的典礼，有庆祝开学和纪念国难两层意义。”三年的大学生活里，像这样“欢喜”与“悲愤”交织的演讲会，在武大几乎每周都有一两次，除开学和毕业典礼以外，

叶君健和老舍等合影

还有每周一上午举行的“总理纪念周”全校大会，叶君健每场必到，悉心聆听。著名国际法学家周鲠生从国际政治的角度，深入揭示法西斯发动战争的必然性和国人御侮方策；著名史学家吴其昌从历史文化的角度，深刻揭露中国为何被动挨打与日本侵略本性难改的渊源关系；著名经济学家杨端六、刘秉麟等，从经济领域剖析日本入侵中国的根源以及国人的对策；王星拱、查谦、高翰、邵逸周、邬保良等著名科学家、哲学家，从科学和哲学角度，深刻阐述科学落伍、思想守旧必然受人欺凌的惨痛教训以及我国战时对待科学教育的态度。

叶君健跨入三年级不久，即1934年11月17日和20日，著名地质学家李四光应邀在大礼堂和理学院为全校师生做了两次演讲，在《东亚恐慌中中国煤铁供给问题》演讲中，李四光以沉重的心情、详实的数据分析我国在日本人侵略之下，煤、铁自身供给的困境，呼吁国人“早日醒悟，急起图之!”

叶君健书屋

促使叶君健更加坚定走创作之路的是他的系主任方重教授。1934年12月17日，方重教授应邀在“总理纪念周”上作了一次题为《文学的效用》的演讲。那天阴云密布，寒气袭人。瘦弱的方重教授用愤懑和调侃的语调开头就说：“今天我讲的题目是文学的效用。从前把耶稣解去就刑的罗马总督 Pilate 笑着说：‘真理是什么东西?’现在恐怕也有人要说：‘文学是什么东西？文学有什么用？文学不能救国。’在现今的中国，上自政府，下至一般人民，都是这样想的。当此生产、教育潮流澎湃的时候，社会上一般人看学文学的人，好比看和尚尼姑一样，觉得他们不会生产，对于国家没有利益。当今大学生进学校的时候，大多不愿许身文学，觉得学这门科目，四年后出大学的门，仍没有‘远大的前程’，升官发财自然没有他的份，除却出去做教书匠，没有再好的一条路可走。”文学果真不能生产、不能救亡吗？文学的路果真只有黑暗，没有光明吗？方重教授接着说：“文学是人生的反影，有人生就有文学。”当然，“文学不像饭那样可以饱肚子，不像衣服那样可以暖身体”。但是，“文学可以传承文化知识、震撼心灵、启迪人生”。“人类生存一天，文学就生存一天。人类如果要消灭文学，即等于采取一种自杀的政策，人类要轻视文学，即等于轻视自己。没有文学，就好比全人类都是瞎子、聋子、哑子，并且没有性灵，同野兽一样。”方重教授特别强调：“所以在人类中，一个民族也应有代表那民族特性的民族文学。试问现在中国民族有没有这样一种文学？没有这个文学，我们全民族的意志、心灵将从何寄托？没有民族文学，我们民族要生存的意义何在？”

如果说叶君健早期走上创作道路的动机是“兴趣”和“冲动”，方重教授及武大名师的演讲，则使他的文学创作道路更加理性和执著。

李四光与武汉大学鲜为人知的“十年渊源”

李四光

到过武汉大学的人都觉得校园很美，她到底有多美？湖北作家池莉女士在她写的《老武汉》中这样写道：现在的武汉大学，仅就校舍来说，当然是而且绝对是中国最漂亮的大学校园。

很多人都知道李四光先生是一个伟大的科学家，他修改了西方地质专家对中国大地没有经历第四纪冰川侵袭的错误结论，还开创了地质力学这门新学科，他为中国寻找过石油。他一生做了很多大事，但是很少有人记得他还担任过武汉大学新校舍建筑设备委员会委员长，负责选址和建校，那是1928年的事。

1928年7月，南京国民政府大学院决定改建武昌中山大学（原武昌高师）为国立武汉大学，大学院院长蔡元培任命李四光、王星拱、叶雅各等人组成“国立武汉大学”新校舍建筑设备委员会，李四光为委员长。当时李四光从国外留学回来以后，就跟著名的农学家叶雅各先生商量这件事，他们决定在武昌城外，东湖附近，珞珈山和东湖之滨的地方，选一个新校址。据说当年李四光亲自骑着毛驴，到东湖、珞珈山这一带来考察新校址的选址工作。

李四光先生当年是骑着毛驴、还是徒步进行考察并不重要，真正让人们牵肠挂肚的是七十多年前，珞珈山下、东湖之滨的自然风光是否和今天一样美丽动人？

武汉大学

其实，当时的珞珈山十分荒凉，没有树木，全部都是石头和坟场。

李四光先生等科学家们都不是搞建筑的，但是他们学贯中西，观察事物的目光是第一流的，他们透过一片荒凉的乱坟岗，看到了未来。他们在选择武大校址过程中从大处着眼的胸襟，让后人敬仰。

当今天武大的学子们走在这花香满园的校园里，可曾想过这里曾是孤魂野鬼出没的乱坟岗？可曾把它与荒山秃岭画上过等号？

1929年王世杰出任国立武汉大学校长，他在就任演讲中说："武汉大学不办则已，要办就要办成一所有崇高理想的、一流水准的大学。"他提出要把武汉大学办成一所门类齐全的拥有"文、法、理、工、农、医"六大学院的综合性大学，规模要达到万人以上。

时任中央研究院地质研究所所长的李四光，从上海请来国际一流的建筑师凯尔斯，担任珞珈山新校园建筑规划的总设计师；又请来湖南大学土木工程系缪恩钊教授做监理工程师。缪毕业于清华土木系，留学美国麻省理工学

李四光与毛主席

院和哈佛大学，是一位优秀的青年建筑专家，一流的监理工程师。并选定驰名全国的大公司汉协盛、上海六合、袁瑞泰、永茂隆等营造厂负责承建。经过十年建设，出现了文学院、法学院两座独特的骰形“广厦”；理学院和工学院两大片中西合璧建筑楼群，其造型风格各具特色，在国内高校独树一帜。

学生宿舍（樱园老斋舍）依山就势、巧手天成；学生食堂、小礼堂与俱乐部“秀外慧中”；特别是老图书馆，古朴典雅居群楼中央，扼校舍至高，俨然一座珍藏古今经典的科学殿堂。此时珞珈山校园绿化亦基本成型。武汉大学从武昌东厂口迁至珞珈山，校长王世杰（如今老图书馆旁立有王校长的雕像）在珞珈山新校舍举行的开学典礼上讲：“十二年前，我和李四光在回国途中曾经设想，要在一个有山有水的地方建设一所大学，今天这个愿望实现了。”

斯时李四光身兼三职：中央地质所所长、北京大学地质系教授和武汉大学“建委会”委员长。他是一位不知疲倦的工作者，又是一位平易近人的学者，每次到校总是愉快地接受王世杰校长的邀请，利用晚上时间在理学院阶梯教室向全校师生做学术演讲。他的报告题材很广，大多取自其研究课题：《庐山冰川问题》、《东亚恐慌中中国煤铁供应问题》等，他讲道：“抚顺的烟煤，其产量很多，煤质亦佳”，而“日下全区煤田，全在日人势力控制之下”，又道：“中国蕴藏百分之九十以上之采取权，完全操诸日人之手。”他大声疾呼“国人早日醒悟，急起图之”。他的每次讲演，都极受欢迎，教室内外总是挤满了听演讲的人。

从他到任之日起，直到珞珈山上古朴典雅、玲珑秀美的十余幢建筑全部落成，这位委员长方才卸任，给人们留下了一栋栋流光溢彩的现代古典建筑、一座座金碧辉煌的玉阁黉宫，如今大多成为国家级重点文物保护对象。

这中西合璧的完美杰作像一幅绝美的画卷，镶嵌在葱茏叠翠的珞珈山麓，宛如回响在东湖岸边的一曲优美旋律凝化而成的永恒绝唱。

资料来源：光明网、CCTV-走遍中国

路遥二三事

著名作家路遥曾就读于延安大学中文系，他出名后，母校为他立像和建博物馆，并以这样的校友为荣。但是很少有人知道，路遥在此前，年仅18岁时就曾红过一阵子，那一年，王卫国（路遥的真名）成为名噪一时的风

路遥

云人物。彼时，他有一个令人敬畏的“显赫”身份——陕西省延川县革委会副主任。

现在想来，那应该是路遥人生中最为璀璨亮丽的剪影片段。从政的实践与憧憬，爱情的滋润与甜美，曾经给予出身卑微的路遥太多太多甜蜜的陶醉与抚慰。路遥的初恋情人是林红，一位容貌姣好的北京知青，在延川县战备文艺队。

一年后，路遥被免去县革委会副主任的职务，返乡务农。他本是陕西清涧县人，7岁时因家里困难被过继给延川县农村的伯父。与“仕途”一起被葬送的，还有路遥的初恋。革职返乡途中，有人转交给路遥一封信，信是林红写的绝交信。林红的离去，对年轻的路遥是一个沉重的打击。

不过，生活的窘困，情感的挫折，并未击垮路遥的意志，他一边教书挣口粮一边鼓捣点文字，写顺口溜，也写诗歌。

著名诗人闻频回忆：“1971年的春天，王卫国穿着件破棉袄跑到延川县文化馆，说要投稿。我和同事正在窑洞外面聊天，接过他的诗一看，是一首8行诗《车过南京桥》，署名‘缨依红’。我们觉得他很有才气，很欣赏他。我建议王卫国重新起个笔名，他说那好那好，抓过一支钢笔，随手将‘缨依红’三字划去，写下了‘路遥’这个名字。我们一看，大声叫好，路遥，真是个好名字。”通过改名，路遥誓言与过去的自己决裂，由此开始新的生活与奋斗。

20世纪70年代，担任延川县通讯组副组长的曹谷溪，把路遥“招”过来。通讯组里有个北京女知青林达，和林红是闺中密友。林达走近了路遥，给予他很多关心与慰藉。林红依然眷恋路遥，很想恢复与路遥的关系。曹谷溪希望林达能说服路遥重新接纳林红，路遥很坚决地拒绝了。路遥进入延安大学中文系读书期间，林达节衣缩食，在经济上给予路遥很多支援与资助。大学毕业后不久，路遥与林达结婚。

在关于路遥先生的很多文字记载中，很少提及他的妻子林达女士，但路遥无论是在极其艰苦的环境下，还是获得茅盾文学奖后光环加身，林达女士都默默地站在他的身后，深情地凝视着自己的丈夫。据女儿路茗茗介绍，林达在北京的家境比较好，在经济上给了路遥很多接济，就连路遥在学校里的被子和褥子，都是林达给路遥准备的。正是因为有了林达，路遥在延安大学才能够安心读书和进行文学创作。路遥从延安大学毕业后担任《陕西文艺》编辑，到西安工作，林达也到西安电影制片厂担任编辑工作。1979 年路遥与林达生下了他们的女儿路茗茗后，路遥才思喷涌，1980 年发表《惊心动魄的一幕》，并获得第一届全国优秀中篇小说奖。其后，路遥在创作《人生》、《平凡的世界》等作品时，长期离开西安到外地采风和创作，林达则撑起了家庭的全部重担。直到路遥去世后，林达还经常托人捎钱给路遥远在延安的养母。

经过多方斡旋，1992 年林达和路茗茗把户口迁到北京，此时林达与路遥却已在商议离婚了。也就是这一年，路遥去世。路遥先生离开之后，林达与一位教授结婚。路茗茗也开始在北京读书，直到高中毕业后考入北京一所大学学习平面设计专业。路茗茗之所以选择学习这个以图书装帧为主的专业，很大程度上是因为父亲路遥是一位受人尊重的作家。

附 1：路遥其人其作

著名作家路遥（1949—1992），原名王卫国，1949 年 12 月 3 日生于陕北山区清涧县，7 岁时因为家里困难被过继给延川县农村的伯父。“文革”开始后受影响直到 1969 年底才回到家里务农。这段时间里他做过许多临时性的工作，并在农村一小学中教过一年书。1973 年进入延安大学中文系学习，其间开始文学创作。大学毕业后，任《陕西文艺》(今为《延河》）编辑。1980 年发表《惊心动魄的一幕》，获得第一届全国优秀中篇小说奖。1982 年发表中篇小说《人生》，后被改编为电影，轰动全国。《在困难的日子里》也获奖。1991 年完成百万字的长篇巨著《平凡的世界》，因此而荣获第三届茅盾文学奖。

1992年11月17日上午8时20分，路遥患肝癌在西安离世，年仅42岁。

路遥说过，他始终关注的焦点是“城乡交叉地带”。社会文明的发展变迁，总是从“城市”、“城镇”而后波及乡村，所以，关注城乡地带变化，即便从反映20世纪80年代农村变革的角度，也是具有普遍意义的。

小说《人生》就是通过对“城乡交叉地带”城镇中的青年人的爱情故事的描写，体现出变革时期的农村青年在人生道路的选择中所面临的矛盾、痛苦心理。《人生》在一代中国人当中，影响巨大，后被搬上银幕。

《平凡的世界》反映了中国大陆从20世纪70年代中后期到20世纪80年代末的所有政策调整，它再现了这些调整给人民生活带来的巨大变动，土地包产到户，乡镇开办个人加工业，农民工进城，国有企业招收农民工，几乎所有曾经震荡过中国大地的事情都在作品中出现了。路遥展现给我们的是，任何一个农民，不管他有没有离开过他生活的村庄，有没有见过外面的花花世界，我们也不可小视他内心中的感情，这些感情是丰富饱满的，不亚于任何思想家的思考。

附2：路遥铜像失窃

在1995年路遥去世三周年时，由延安大学、陕西省文联等多家单位联合出资设立了一座高60厘米的路遥上半身铜像，安放于延安大学图书馆楼前。2005年2月13日晚，延安大学派出所民警在校园内巡逻时发现图书馆前的路遥铜像不见了。据当时记者描写，在延大图书馆前的草坪上只有一个刻着“著名作家路遥1949—1992”的大理石底座孤零零地矗立在那里。警方对市区所有收购金属的废品收购站展开地毯式检查，也不见踪迹，后确定为失窃。

次年4月6日，由中华文学基金会制作的路遥新雕像在延安大学兰蕙园揭幕。雕像为两尊，均为半身像，花岗岩为材料。大雕像安放在了延安大学图书馆门前的兰蕙园内，小雕像安放在了文汇山上路遥墓前。雕像基座前面雕刻手写体“路遥”及“1949. 12—1992. 11”字样，背面刻有路遥的简介和雕像落成时间。

路遥墓

资料来源：王愚、申晓《宿迁晚报》《华商报》

被旧上海圣约翰大学开除的中国“煤炭大王”

中国“煤炭大王”刘鸿生（1888—1956），20岁前曾两次遭受不公正待遇，两次他都立下了必争一口气的誓言，后来也果然实践了。因此有人认为刘鸿生的这两次举动纯是因为耿耿于怀，为出一口气。实际上，从刘鸿生的日记、为人，特别是从处理这两件事的结果分析，绝不尽然，而是另有深意，这也是刘鸿生的善察与精明处。

刘鸿生

刘鸿生名克定，中国近代实业家，祖籍浙江定海。1888年6月14日出生于上海，以经营开滦煤炭起家，所以被称为“煤炭大王”。两件受辱事中的一件与上海圣约翰大学有关。圣约翰大学是在华办学时间最长的一所教会学校，由美国圣公会创建于1879年，是当时上海乃至全中国最优秀的大学，入读者许多是政商名流的后代或富家子弟，学校在美国华盛顿州注册，直到1947年才向中国国民政府注册。

坚拒洋校长栽培　立志不为人佣被除名

刘鸿生的父亲是上海至温州海上客轮的总账房，不幸中年病殁，致使家道中落。刘鸿生自幼聪慧，13 岁考入圣约翰中学，17 岁再考入圣约翰大学，得到了一个英文名字“O. S. Lien”。刘鸿生深知自己家境贫苦，因而学习十分用心，从中学到大学一直都是成绩突出，品行端正的，又生得健壮，体育成绩也属优良。所以他屡获学校奖学金，以奖学金代缴极其昂贵的学费后，还有余钱补贴寡母辛苦支撑的十口之家。这样一个品学兼优、全面发展的学生，连洋校长卜舫济也格外垂青。

1906 年深秋，正在读大学二年级的刘鸿生被洋校长卜舫济特别召见了。这位洋校长不与刘鸿生商量，就以救世主的口吻通知刘鸿生，说他与教会的克莱夫主教对刘鸿生的成绩很欣赏，已决定送刘鸿生留学美国深造 4 年，回国后做牧师兼英语讲师，月薪 150 元，还拨给一幢漂亮的带花园的洋房，一切待遇均按外籍讲师标准。这对当时中国的穷学生来说真是难以想像的，可谓“一步登天”。因此卜舫济满以为这个中国学生会感激涕零。谁知这个穷学生偏不买账，这不仅是刘鸿生的家人特别是母亲的意思，更重要的是刘鸿生本人的意思。受父、祖的影响，刘鸿生自幼便立志不为人佣，学好知识与本领振兴家业。洋校长的许诺虽极具诱惑力，但刘鸿生认为做洋牧师有违作为一个中国人的根本，且就算做到红衣主教又会怎样？还不是与自己大振家业的志向有违么？众多同学，甚至连宋子文那样的学友事后都认为这是难得的良机。可刘却态度果决地一口回绝了。这令卜校长甚为恼火，认为刘鸿生不识抬举，也有伤他面子，一怒之下，骂刘鸿生为“上帝的叛徒”，以“上帝的惩罚”将刘鸿生开除出校。

走出校门，刘鸿生依依回望，深知再留恋也须离去了，而凭他的家境读一个月有 10 元补贴的教会大学已难，更莫奢想再入其他大学了。被这个学校开除，意味着就此失学，唯有谋生一途了。想到此，他百感交集，尤为气忿，世道竟如此不公！

做买办贩煤炭起了家

刘鸿生愤而离开了圣约翰大学后，很快凭着一口流利的英语，在公共租界巡捕房当了翻译。后来，得到他父亲生前好友、上海宁波同乡会会长周仰山的帮助，被推荐做了英商河北开平矿务局上海办事处经理考尔德的“跑街”，月薪100银元，此外还另有佣金。20岁的刘鸿生精明能干，干此行是如鱼得水，跑得勤快，又善于钻研生意经。他信守“处处为用户着想”的原则，按质论价，坚守信用，保住老户，开辟新户，保证供应，不使脱销。开平煤销遍上海，他的佣金如滚雪球般增加。

3年后，刘鸿生升任英商开平矿务局上海办事处买办。后来他又坐上了开滦矿务总公司（当年英商开平、滦州两矿务局合并）买办的交椅。从此，刘鸿生在煤炭销售市场上大展身手。他与淄博煤、抚顺煤、淮南煤、贾伍煤、焦作白煤、安南鸿基白煤展开激烈竞争，并跨出上海市场，在江浙皖及京沪铁道沿线诸要埠开设煤号和码头堆栈，形成了一个较完整的开滦煤供应网。

不久，第一次世界大战爆发，西方列强无暇东顾，刘鸿生利用这难得良机，将开滦煤年售量猛增至250万吨，而他本人的年收入也升至百万元。“一战”结束时，刘鸿生身价骤涨，结交了沪上多位大亨，与太古、汇丰等洋行买办往来频繁，不久即被上海宁波同乡会推任为会长。

刘鸿生不计前嫌　卜舫济前倨后恭

刘鸿生办实业成功，成为赫赫有名的火柴大王和煤炭大王了，但对圣约翰大学受辱这件事仍是耿耿不忘。他知会卜舫济，说他刘鸿生不忘母校，欲为母校有所捐赠，约校长来他的办公室一议。这倒真是反转来居高临下，有意杀一杀洋校长的威风，出口当年的恶气了。殊不知卜舫济毫不在意地应约上门拜访，毫无愧色地说：“我早已看出您是个品学兼优的学生，前途无量的！”

圣约翰大学校长卜舫济

这次会见的结果，刘鸿生不计前嫌，慷慨捐献45000两白银，决定为母校建一座社交馆。一座豪华的交谊楼在圣约翰大学内落成了。楼外部采用中国传统宫殿建筑模式，绿色琉璃瓦顶和大红立柱，内部装饰采用汉白玉和高档柚木材料。上下两层，上层大交谊厅除用于会议活动外，还可以进行篮球比赛。下层有会议室 11 间，供学生社团使用。整幢建筑富丽堂皇。依事先的约定，落成典礼当天，校方召集了历届校友，这才是刘鸿生捐建的主要目的。他要借此扩大声誉影响，借此联系校友感情，特别是宋子文兄弟。

想当年正是在他失意踏出校门时，一个同学为他介绍认识了比他小五岁、正在读教会中学的宋子文与其弟子良。后来宋氏兄弟也正是毕业于这所教会大学。为母校捐建豪华社交馆这样的体面事足以打动各届校友，落成典礼是最适宜、最有效的接触良机，足以大大拉近感情，开阔社交途径，刘鸿生就是这样与宋氏兄弟等显贵结交了。他另一个主要目的是欲从历届校友

圣约翰交谊楼

上海圣约翰大学

中，物色、聘请一些专门人才，以为其企业之用。这两个预期目的，都圆满地达到了，还得到了一项意外的收获，1928 年 6 月，圣约翰大学成立校董会，刘鸿生被推选为第一届校董会主席。同时，学校授予他名誉法学博士学位。这一举数得，绝非那建馆的一笔钱所能衡量的。

仅仅十几年的时间，这位“上帝的叛徒”衣锦还乡了。圣约翰大学隆重欢迎了他，卜舫济校长更是前倨后恭。

实业家之路

刘鸿生以自己的经济实力，开始经营火柴、水泥、纺织、码头等与民生攸关的实业，且业绩显著。这时英商终于发现这个“O. S. ”绝非等闲之辈。开滦总公司洋大班百拉亚发话了：“O. S. ，你走得太远了，你要全心全意为大英帝国效力呀！”

当年的上司考尔德清醒过来，咆哮道：“你这小子，我们给你的钱太多了！我要告得你破产！”但此刻的刘鸿生已是上海公共租界工部局五华董之一（另四位华董是虞洽卿、袁履登、徐新六、贝淞荪），根本不把这几个“洋大人”放在眼里。他在上海应诉，与英商开滦总公司打起了长达两年多的官司，终于胜诉。从此，他再也不做洋买办了。在此期间，刘鸿生买下徐州贾伍煤矿的全部债权，成立由他控股的华东煤矿公司。

20 世纪 20 年代后期至 30 年代中期的十几年间，刘鸿生不仅在煤炭业取得辉煌成果，而且在火柴、水泥、码头、货栈、纺织、搪瓷等行业里也取得了骄人业绩。1920 年起陆续创办上海水泥厂、上海章华毛绒纺织公司、大中华火柴公司等企业，还投资航运、金融及保险等业。到 1931 年投资额已达 740 余万元，被称为“中国火柴大王”和“毛纺业大王”。抗日战争时期，刘鸿生在香港、重庆和兰州投资创办中国火柴原料股份有限公司、中国毛纺织公司、西北毛纺织公司等，一度任重庆国民政府火柴专卖公司（后改火柴烟草专卖局）总经理。抗战胜利后，任国民政府行政院善后救济总署执行长兼上海分署署长、轮船招商局理事长等职。中华人民共和国成立后，刘鸿生历任上海市人民政府委员、华东军政委员会委员、中国人民政治协商会议全国委员会委员、全国人民代表大会代表、全国工商业联合会常务委员、中国民主建国会中央常委等职。

附 1：中国教会大学

中华人民共和国成立前共有 14 所教会大学，分别是燕京大学、齐鲁大学、东吴大学、圣约翰大学、之江大学、华西协和大学、华中大学、金陵大学、福建协和大学、华南女子文理学院、湘雅医科大学、金陵女子文理学院、沪江大学、岭南大学。虽然这些教会大学数量不多，但起点很高。在当时的历史条件下，特别是在 20 世纪 20 年代以后，教会大学在中国教育近代化过程中起着某种程度的示范与导向作用。因为它在体制、机构、计划、课程、方法乃至规章制度诸多方面，更为直接地引进西方近代教育模式，从而在教育界和社会上产生颇为深刻的影响。由此可见，教会大学史是中国近代教育史不可缺少的重要篇章，它们为中国高等教育作出了不可磨灭的贡献。

附 2：圣约翰大学

它是在华办学时间最长的一所教会学校，创建于 1879 年，原名是圣约翰学院，是由美国圣公会上海主教施约瑟（S. J. Sekoresehewsky）将原来的两所圣公会学校培雅书院和度恩书院合并而成，在沪西梵皇渡购地兴办。当年 4 月 14 日破土动工，9 月 1 日就开学招入第一期学生。办学初期设西学、国学和神学三门，用国语和上海方言授课。1881 年学校的英语老师卜舫济牧师（F. L. Hawks Pott）开始完全用英语授课，这是中国首个全英语授课的学校。1886 年年轻的卜舫济出任校长，时间长达 52 年，对圣约翰的发展起到了很大的影响。

1905 年，学校成为正式的大学，并在美国华盛顿州注册，大学设文学院、理学院、医学院、神学院及附属预科学校，成为获得美国政府认可的在华教会学校，毕业生等同于哥伦比亚大学学籍。此时的圣约翰已经粗具规模，拥有一座 1884 年美国纽约克拉克逊女士巨额资助兴建的教堂，后经重建成为该校礼堂兼圣公会教堂（20 世纪 80 年代末该教堂被拆除后兴建华东政法学院图书馆）。学校 1894 年建造了一座中国式教学楼“怀施堂”，纪念学校创办人施约瑟。20 世纪 90 年代初该堂改称“韬奋楼”。另一座 1903 年用庚子赔款所建起来的“思颜堂”是纪念学校的代理校长中国籍牧师颜永京先生。1913 年，圣约翰大学又开始招收研究生，后来开设农学院，成为五院 16 系的综合性教会大学，是当时上海乃至全中国最优秀的大学之一，入读者许多是政商名流的后代或富家子弟，学校直到 1947 年才向国民政府

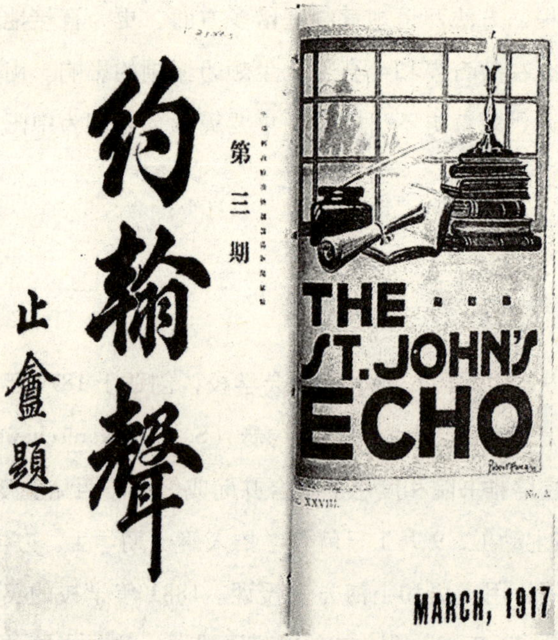

圣约翰大学的刊物《约翰声》

注册。

圣约翰大学是首个将西方教学风格引入中国的学校，除了极重视英语以外，宗教、体育和课外活动也十分被强调。校内的体育设施完善，这里还诞生了中国历史上的第一支足球队。其他的学生组织、活动也十分多，包括许多左派学生团体，曾十分活跃地参与了五四运动等政治运动。1925年五卅惨案发生后，曾有 17 名教职员及 553 名学员因对学校当局不满而离开圣约翰大学，于当年 8 月另组光华大学（今延安西路东华大学校址）。

1937 年抗日战争爆发后，圣约翰大学曾将学校迁往公共租界里的南京路，与沪江大学、东吴大学、之江大学四校组成上海联合基督教大学，后又于 1940 年迁回原校址。

1950 年 12 月，圣约翰大学正式宣布与美国基督教圣公会脱离关系，1952 年在全国院系调整中被拆散并入其他多所高校，主要是华东师范大学、复旦大学和上海第二医学院。其校址现为华东政法学院所用。

资料来源：《经济导刊》、《财经文摘》、《管理学家》 等

徐悲鸿举荐傅抱石

徐悲鸿

1933年，徐悲鸿任南京中央大学艺术系教授。那年夏天，他带着学生到庐山写生，他的寓所每天都有人造访。

一天上午，一个年近三十的来访者走到徐悲鸿面前，深深地鞠了一躬。这人穿一件旧长衫，腋下夹着一个小包袱。他打开包袱，拿出几块图章和几张画。徐悲鸿看了图章，发现刻得很好，细看边款署名是：赵之谦。这人其实叫傅抱石，他是为了生活，仿赵之谦的图章卖。

徐悲鸿说："你完全不必要仿，你自己刻得很好！"

徐悲鸿又看了他的画，才一展卷，仿佛有一股灵气扑面而来。于是，他问："你现在做什么事？"那人回答："在小学里替别人代课。"他又问："你进过美术学校吗？"回答："没有，靠自己学的。"

傅抱石回到家里，简直像范进中了举人一般，高叫着："见到了！见到了！"并让妻子把家里的画都找出来，说："悲鸿大师要看。"

傅抱石挑出几张自己比较得意的让人给徐悲鸿送去，并留下自己的地址。

傅抱石

第二天，徐悲鸿冒雨来到傅家。徐悲鸿说："傅先生的画，我都看了。顶顶好！"又说："您应该去留学，去深造，你的前途不可限量啊！"又说，"经费困难，我给你想办法。"

这时，橱柜门响了。因怕见大师而藏到橱柜里的傅抱石的妻子出来了，跪到徐悲鸿面前，说："您老对抱石的恩德我们来生也报答不了，请受我夫妻一拜。"徐悲鸿急忙搀起傅家夫妇。

为了傅抱石留学的经费，徐悲鸿去找了当时国民党的江西省主席熊式辉。正忙于"剿共"的熊式辉当然不会对这事感兴趣。徐悲鸿拿出一张画来，说："我把这张画留下来，就算你们买了我一张画吧。"

经在场的人劝说，熊式辉勉强同意出一笔钱。但这笔钱不够傅抱石去法国留学的费用，傅抱石只好改去日本留学。

傅抱石回国后从事美术教育多年。新中国成立后，任江苏省国画院院长、中国美术家协会副主席。

资料来源：唐宝湘《中国教育报》2008 年 11 月

郭沫若为广西民族学院题名

很多人也许并不知道，广西民族学院校门上那几个苍劲有力的行楷字，是当年郭沫若先生所题的。

第一次求字失之交臂

经历了那段历史的现广西民族学院唐鹏教授讲述了这段尘封已久的往事。

“这几个字确实是由郭沫若先生所题的，而且这其中经历了一段曲折的过程。”唐教授回忆说。1958 年，“广西民族学院”这个校名确定。在郭沫若题字之前，广西民族学院的校名是用毛主席的字体拼成，并非毛主席亲题。当时学院的领导认为这样“凑”出来的校名终归不是最好，所以一直想找个机会能得到名人的亲笔题词。“直接向国家领导人提出来为学校题字，看起来比较困难。”唐教授说，“如果有某位名人来到学校访问时，学校趁此机会提出题字请求，应该比较合理。”

机会果然来了！1962 年春，郭沫若先生来邕访问，而且广西民族学院正好是他预计行程的其中一站。郭沫若虽非专门的书法家，但他的书法艺术成就却有目共睹，可以说是当今“流行书风之祖”。郭沫若少年时代就心仪“苏东坡体”，又受当时书法主流“碑帖结合”的影响，东渡日本后探奥于甲骨文，研究早期造型符号，然后用毛笔撰写，字里行间的金石气油然而生。后来他又对晋唐书法以及明中后期一些书法加以消化与吸收。新中国成

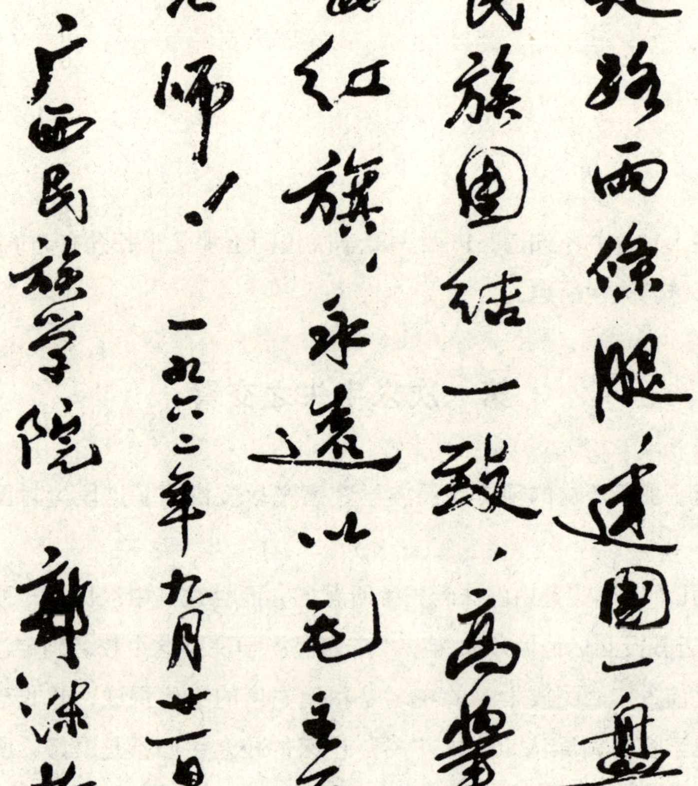
走路两条腿，建国一盘棋。多民族团结一致，高举起三面红旗，永远以毛主席为老师！
一九六二年九月廿一日书为
广西民族学院
郭沫若

郭沫若题名

立后，郭沫若的书法已走向成熟，并以行草见长，笔力爽劲洒脱，运转变通，韵味无穷。

得知郭沫若先生即将到来的消息后，当时广西民族学院的领导十分欣喜——找名人为学院题字的良机终于到来。在校的师生也因这位伟大的文学家将亲临学校访问而备感荣幸。唐鹏教授回忆说："我当时还是民院中文系的学生，并幸运地作为迎接郭老的学生代表。那时候真的是既意外又兴奋……"

就在全校做好迎接郭沫若访问准备的时候，一个遗憾的消息突然传来：郭沫若的行程临时有变，广西民族学院的访问被取消了。题字的机会就这样与广西民族学院失之交臂。

第二次求字欣然应允

"尽管错失了这一次好机会，但广西民族学院确实与郭老的题字很有缘……"唐教授回忆说，当时在广西民族学院的中文系有一位名叫朱棠的老师，是泰国归侨，早年与郭沫若在延安抗日大学时有过一些交往。解放后，朱老师先在中国文化部电影局工作，恰好与郭沫若的夫人是同事。通过郭夫人的关系，朱老师与郭沫若渐渐熟识起来。后来，朱老师来到广西民族学院担任教师，但他与郭沫若的联系一直未中断过。

时任广西民族学院院长的袁似瑶了解到朱老师和郭沫若先生是好朋友后，便希望能通过朱老师找机会联系郭沫若为民院题写校名。

1962 年 9 月，朱棠老师利用暑假回家探亲的机会找到郭沫若叙旧。会面时，朱老师向郭沫若介绍了广西民族学院少数民族教育情况，同时也传达了袁似瑶院长殷切期望他为广西民族学院题字的心愿。郭沫若在了解到广西民族学院在少数民族地区对民族团结、民族进步有着重大意义后，欣然应允。郭沫若随即挥毫写下有关"各民族团结一致"的题词，并落款"一九六二年九月二十一日书为广西民族学院"。这样的题词对于郭沫若来说也许很平常，但对于广西民族学院来说却有着十分特殊的意义——郭沫若亲题的

“广西民族学院”很快被用作校名。随后，这6个苍劲有力的大字伴随了广西民族学院师生将近半个世纪。

换个“大”字

2006年，学校正式更名为广西民族大学，此时郭沫若已经逝世了，要保留郭沫若的题词，该怎么办呢。经过商议，学校决定从郭沫若的书法作品里面选一个“大”字出来，替换掉原来的“院”字，考虑到原来的“族”字的最后一笔是有一个提勾的，为了书法上的对应，所以挑出的“大”字的最后一笔也必须是有提勾的，然后再调换后两个字的顺序，就成了广西民族大学现在的校名题词。

资料来源：《南宁日报》2006年2月

风物志

武大樱花鉴证历史

吴 骁

上、种植史

“樱花”一词，最早见于唐李商隐的诗句：“何处哀筝随急管，樱花永巷垂杨岸。”以后也有诗人多次提及，郭翼有“柳色青堪把，樱花雪未干”，于若瀛有“三月雨声细，樱花疑杏花”等诗句赞美樱花。樱花花形美丽，树姿洒脱开展，盛开时如玉树琼花，堆云叠雪，甚是壮观，是优良的园林观赏植物。夏季樱花树枝叶繁茂，绿荫如盖，甚是壮观。

全世界有50多个野生樱花基本种，中国约占38个之多，其次为日本、朝鲜、缅甸、不丹、锡金等仅产几种，但樱花栽培盛于日本是无疑的。有日本学者认为，“樱花是由于从中国引进梅花时夹带到日本的”，平安时代（1151—1192），樱花在日本广泛种植，并取代梅花成为日本国代表性的花木。由于樱花开时热烈，落时缤纷，短暂的绚烂之后，便随即结束生命的“壮烈”精神深受日本人的喜爱，他们认为樱花具有高雅、刚劲、清秀质朴和独立的精神，是勤劳、勇敢、智慧的象征，因此，在以后的数百年里，樱花在日本受到广泛重视，乃至被定为“国花”，从而和富士山一样，成为了日本国的象征：“欲问大和魂何在？且看野樱向阳开。”

武汉大学的樱花，在全国很有名气。不过，提起武大樱花的来历，这里面还有一段曲折的历史往事，它记载了一段令人辛酸的国耻。

20世纪30年代，初创的国立武汉大学在珞珈山大兴土木，辟山建校，逐渐将这片原本乱石丛生、坟冢遍地的荒山野岭，变成了世界上最美丽的大学校园。经过9年的植树造林，珞珈山林木葱茏，花丛掩映，成为华中最好的植物园，被郭沫若盛赞为武汉三镇的“世外桃源”。然而，正当武大的发展势头蒸蒸日上之时，日寇悍然发动全面侵华战争，中国军队节节败退，半壁河山很快沦入敌手。至1938年初，武汉形势吃紧，武汉大学开始迁往四川乐山。10月底，武汉三镇沦陷，武大珞珈山校园亦遭日军侵占。

而早在1938年7月，当国立武汉大学校长王星拱率领最后一批师生离开珞珈山前夕，曾委托以法学院助教汤商皓为首的5位教职工留守护校。若干年后，汤商皓在一篇名为《1985年回国重游珞珈母校武大忆往感怀记》的文章中，较为具体地回顾了自己当年留校看守校产的经历，并简要交代了侵华日军在武汉大学珞珈山校园种植樱花的来龙去脉。

据汤商皓回忆，在武汉沦陷后，他曾多次前往珞珈山校园与日本驻军进行交涉。约在1939年春，负责接见他的一位文职武官高桥少将，曾将武大与“日本日光、箱根之风景优美的文化地区”相提并论，并表示“当尽力加以保护”，但他同时又表示，“惟值此春光明媚，尚欠花木点缀，可自日本运来樱花栽植于此，以增情调”，接着，又将汤商皓等人带到文学院前，“遥指将栽植樱树之处所”。汤商皓对此心有不满，但又不能公开反对，于是针锋相对地提出：“可同时栽植梅花，因中国人甚爱梅也（予意，樱为彼之国花，梅乃我国国花）。”但是高桥却回答：“樱苗易得，梅种难求，明年今日君等可来此赏樱。”这就在实际上否定了汤的意见。

从汤商皓的回忆中，我们可以推算出，侵华日军从本国引来樱花树苗栽植于武汉大学珞珈山校园的时间，最早应是在1939年。而在武汉大学战后复员之后，武大生物系师生亦曾在1947年3月通过科学鉴定，判断出这批樱花树的树龄应为8年。一般认为，日军在珞珈山种植樱花的主要目的，是为了缓解住在这里休养的大批日本伤兵的思乡之情，同时，亦有炫耀武功和长期占领之意。因此，在珞珈山校园内出现的这第一批樱花，可以说是日本侵华的罪证，国耻的象征，同时也是今日武大樱花的缘起。

据当时留守校园的武大老一代园林工人回忆，日军当年在武大种下的日本樱花不超过30株，主要分布在今天的樱花大道上。抗战胜利后，国立武汉大学于1946年10月复归珞珈山；1947年3月，广大师生观察发现，校园里共有28株樱花树开花，它们均匀地分布在老斋舍三个拱门之间及其两侧的4个门栋前（每个门栋前各有7株）。

1949年初，曾有人建议当时驻守武汉的国民党将领张轸（后率部在金口宣布“起义”）将樱花树砍掉，结果遭到拒绝。张轸后来曾表示，武汉大学是座宝库，里面的一草一木都要保留。1957年，武汉大学主管部门对这些樱树进行了更新。1973年，武大农场又从上海引进了一批山樱花，同时再次更新了已老化的樱树。近几十年来，武大的园林部门还不断对其进行补栽。

樱花树的生命周期很短，一般只有二三十年，而据武大园林部门的工作人员介绍，武汉大学校园内的樱花树，由于长期受到学校的精心呵护，寿命一般能达到50年左右。但尽管如此，由于年代久远，1939年由日本人种下的第一批日本樱花，经过数十年来的多次更新，到20世纪八九十年代时，已基本死绝。据观测和研究珞珈山樱花长达60年的萧翊华教授向笔者透露，日本人当年种下的那批樱花树，其最后一株约在1997年前后死去，因此，我们今天在武汉大学樱花大道上所看到的日本樱花，已远非当年的侵华日军所留下的花种了，而多为原种的第二代、第三代。

日本国的樱花再次来到武大珞珈山，已经是30多年以后的事情了。但这次已非国耻的印记，而是和平与友谊的象征。1972年，中日邦交正常化，日本首相田中角荣访华，向周恩来总理赠送了1000株大山樱，其中800多株留在了北京，种植在玉渊潭、植物园及陶然亭等京城几大公园里（虽然呵护有加，但绝大部分樱花最终还是死去了），100株植于周恩来曾居住过的南京梅园新村；1973年，中央有关部门考虑到周恩来曾在武汉大学居住过，于是便将其中50株转赠给了武汉大学。据武汉大学档案馆老馆长徐正榜介绍，这50株樱花树后来又有30株转赠给了中国科学院武汉植物园，剩下的20株则由学校园林部门栽植于半山庐前，1976年开花。

1983年1月15日，为纪念中日友好10周年，日本京都府日本友协和日本西阵织株式会社向当时在京都大学学习的武汉大学生物系教师王明全赠送了100株垂枝樱苗，经王明全转赠给学校后，栽植于枫园三舍南侧公路边和樱园附近，1986年全部开花。1992年，在纪念中日友好20周年之际，日本广岛中国株式会社内中国湖北朋友会砂田寿夫先生率团访问武汉大学，赠送樱花树苗200株，后栽植于八区苗圃，现今武大校园各处的樱花树苗，除武大园林工人自行培育的之外，大多都来自于此。

20世纪80年代，武汉大学绿化委员会成立后，对校园内的樱花树进行了全面、合理的布局，扩大了樱花的栽植地段，使樱花树从樱花大道及其道下的广阔地带，逐步扩展至鲲鹏广场、第四教学楼、人文科学馆以及行政大楼等处。1989年春，武大园林科从东湖磨山植物园引进原产于云南的红花高盆樱桃16株，栽植在校医院前公路北侧。1991年至1993年，这些樱树共生樱苗近600株。1995年，武大校友、湖北省农科院研究员张朝臣研究出试管樱花，大大缩短了樱花的生长、开花时间，很快受到园林部门的青睐。时至今日，武大校园内已有樱树1000多株，内含日本樱花、山樱花、垂枝大叶早樱和红花高盆樱桃共4个植物学种和十多个栽培品种或变种。

总之，自1939年樱花在珞珈山落户，至今已有70多年的历史。多年来，武大几代园林工人对其精心培育，并为此耗费了大量心血。樱花的栽培管理、育种已成为武大园林工作者传统研究方向，并在人为“延长”樱花花期的工作上取得了一定的效果。另外，武大还经常将自已繁殖培育的各种樱花品种赠送给其他兄弟院校和社会单位，如1988年就转让16株名贵品种垂枝樱花给当时的中南财经大学（现中南财经政法大学首义校区），在财大的思园落户生根，1991年又转让200多株近10个品种的樱花树苗给北京玉渊潭公园的樱花园。现在，武大园林部门正在继续努力采取有力技术措施，保护樱花，并不断繁殖和培育新的樱花品种，以求更进一步地美化珞珈山校园。

中、观赏史

武大种植樱花原只是为了美化校园，供广大师生观赏，但时日一久，却逐渐发展成武汉市一大全国著名的景观。每年春分时节，珞珈山樱花盛开，既有梅之幽香，又有桃之艳丽，争妍斗艳，菲菲如云，在凄厉的寒冬之后，给人们带来了极大的愉悦和欢乐，从而引来无数游人驻足观赏，流连忘返，堪称江城一绝。

樱花的花期一般在 3 月中旬至 4 月上旬，不同品种的樱花略有区别。樱花的盛开方式是多种多样的，有的在叶子长出前先开，有的与叶子生长同时开花。樱花的美，不仅在于盛开时的热烈，更在于它怒放后纷纷飘落时的那种高尚、纯洁和果断的壮烈场面！难怪有人说：除看樱花难算春。

在武汉大学，到珞珈山看樱花，也是有历史渊源的。早在武大师生当年从四川乐山回到武昌珞珈山之后，便对老斋舍前的日本樱花倾心不已，有位老校友在数十年之后还回忆道："春天里，满山遍野开满了各色各样的花，大家可以尽情欣赏。特别是男生宿舍前的那一片樱花，住在最下一层的同学，只要站在自己房间外面的阳台上就可以一饱眼福了。"据萧翊华教授回忆，1947 年的阳春三月，就不断有美式小轿车开进校园，国民党官员及其太太们三五成群来看樱花，气氛十分热闹。而中共"一大"代表李达在担任武汉大学校长期间，也曾在樱花树下拍照留念。"文化大革命"时，"全国山河一片红"，武汉大学停止了正常的教学秩序，成为全国的红卫兵们南来北往串连的好地方，每年三月，经常有来自全国各地的红卫兵串连到武大来看樱花。尽管这些红卫兵经常在武大校园里大肆破坏，却没有对这些樱花树有所损毁，在整个"文革"期间，武大的樱花树都保存完好。

到 1978 年，武汉大学已有樱花上百株。樱花烂漫时节，对花草淡漠已久的市民又陆续赶到武大，争睹樱花芳容。这时校方仍以"为人民服务"为主，自发组织师生保持环境卫生。后来，原武汉市市长黎智听说市民看樱花让校方"手忙脚乱"，便提议适当收取门票，加以控制。到 1985 年，游人日渐增多，校方有人提议将樱花全部砍掉种上梅花，"以激励武大新时代的人文精神"，但最后以"武大樱花是历史的鉴证"为由未果。1986 年，时任武汉市市委书记的王群在武大赏樱时明确指示，要采取措施对樱花加以保护。时至今日，校方对园林环保日益重视，要砍树已是不大可能也不必要了；相反，还经常对遭遇病虫害或已老朽的樱花树进行抢救性修复。

20 世纪 80 年代以来，武大供观赏的樱花及樱花类植物已有 4 个植物学种（不包括栽培品种或变种），分别是：

日本樱花（*Cerasus yedoensis* Matsum.），又名东京樱花或江户樱花。1939 年由侵华日军引进栽植，历史最早，数量最多，主要分布在樱花大道至行政大楼东侧；其特点是每朵花为单瓣，5 枚花瓣，大而艳丽，花先于叶开放，花色粉白（白色至微红色），有微香味，特点醒目，观赏性极强；3 月中下旬至 4 月初开花，花期集中，开时花繁似锦，满树灿烂，落英随风飘荡，如天女散花，美不胜收，极为壮观。

山樱花（*Cerasus serrulate* Lindl.），又称福岛樱或青肤樱。1973 年由日本和中国上海引进，品种、数量都很多，有不少变种，在校医院前、教四楼前、樱园入口路旁、樱园南坡绿地（下沉花园）中均有栽植；花瓣有单瓣、重瓣、半重瓣，花色有大红、粉红、白色及淡绿，花、叶齐放，生长茂盛；4 月初开花，花期较长，可持续 20 天以上。

垂枝大叶早樱（*Cerasus subhirtella* Miq. var. *pendula* Tanaka.），亦称丝樱、垂彼岸樱，是大叶早樱的变种。1983 年从日本引进，现分布在枫园三舍南侧路边和樱园南坡绿地中；这种樱花在日本享有盛誉（日本人称之为“八重樱”），其主要特征是枝条下垂开展呈弯弓形，花粉红色或淡红色，花瓣多达 50 枚以上（雄蕊约 20 枚），叶前或与叶同时开放；花期为 3 月底至 4 月初，开时花繁叶茂，绚丽多彩；由于这种樱花的花期比日本樱花更晚，故其有“早樱”之名，而无“早樱”之实。

红花高盆樱桃（*Cerasus cerasoides* Sok. var. rubea），是高盆樱桃的变种，与西府海棠较为相似（云南昆明等地即称其为西府海棠）。1989 年从东湖磨山植物园引进，植于校医院前公路北侧；其特点是先花后叶或花叶同开，花色鲜红，花为重瓣，近圆形，花朵繁密，垂枝重重；2 月中旬至 3 月初开花，为武汉大学校园内所有樱花类植物中开花最早者，故常称“早樱”，与前述垂枝大叶早樱正好相反，这种樱花可谓是有“早樱”之实而无“早樱”之名；由于其花期比日本樱花早，又在梅花将要凋谢时开放，故更为引人注目，从其花色、花期上看，这种樱花大有发展前途。

樱花花期虽短，大多数只能维持一周左右，但考虑到其花色丰富，花期整齐，常常一夜之间就能繁花满枝，若是能将这些花期并不一致的、不同品种的樱花合理搭配，则整个花期可延续50天左右，那么人们就有更多的机会领略樱花的风采，再也不会来也匆匆，去也匆匆。

在武汉大学校园里，除樱园外，第四教学楼、鲲鹏广场、人文科学馆、行政大楼、校医院一带以及工学部主教学楼、信息学部星湖、医学部等处皆有樱可赏。而最佳的赏樱地点，还是莫过于"樱园"。樱园一带以日本樱花为主，收集了早樱、晚樱和垂枝樱等共6种10余个佳品的樱花，花色丰富，绚丽多彩，枝、干多且花期不同。每当寒冬过后，梅花凋谢之时，早樱开放，继而日本樱花、垂枝樱花、晚樱等开放。盛开时节，樱园酷似花的海洋，成千上万游客慕名而至，流连观赏，如醉如痴，大有"三月赏樱，唯有武大"的意趣。樱园老斋舍前，就是著名的"樱花大道"，近200株纯种日本东京樱花沿着300米长的大道盛开迎宾，与银杏、松柏、桂花以及老斋舍这一古典式建筑相映成景。在这座"樱花城堡"高大雄伟、庄严肃穆的银墙碧瓦的映衬下，洁白如雪、灿若云海的樱花怒放于笔直宽敞的"樱花大道"之上，构成了一副美妙动人的图景。沿着樱花大道看樱花，极有层次感和纵深感，仿佛一条白玉飘带浮于半空，伸向无尽处；如果登上老斋舍楼顶平台向下俯瞰，则樱花又如朵朵轻飞的云，浮动在翠绿之中，别有一番景致。总之，无论是透过花簇看古堡，还是从古堡向下看樱花，都让人不由惊叹二者水乳交融，相得益彰，自然美与人文美在这里互相碰撞、融合，被演绎到了极致。

对于赏樱，武大的广大师生和校友个个都是热衷之至；直到20世纪90年代中期，甚至还有台湾校友专程从台来汉，回母校观赏樱花！中文系"五老八宗"之一的李格非教授，就曾在他的《珞珈山游》这一"变文七言诗"中写道：

漫山清和读书馆，处处香花命雅名。
梅花樱花常相伴，夜读不觉五更寒。

请看阳春三月间，万紫千红花开遍。
惟我樱花多丰韵，总领春光数十年。
红樱绿樱两相伴，神州风采自粲然。
白花鸳鸯双瓣樱，来自蓬瀛甚可观。
嘉朋寻芳载春酒，藉草铺花烂漫游。

每年樱花盛开时分，前来武大校园赏樱的游人都是络绎不绝，并且与日俱增，堪与任何一座公园甚至是国线景点相媲美。到武大看樱花，已成为武汉市每年三月最令人津津乐道的话题，以及最闪亮、最吸引人的“卖点”。不少外地旅行社均将武大樱花作为一个重要景点来进行经营，很多外地人也会在此时慕名而至，为此甚至不惜乘坐飞机，或是不辞劳苦地在火车上一夜颠簸，从千里之外专程赶来武汉，目的仅仅只是为了到武大去赏樱！据统计，樱花时节武大校园内的人流量，1999 年为 70 万人次，2000 年便突破 100 万大关，2001 年更是超过 150 万，最近几年则稳居 200 万以上！而每逢周末的赏樱高峰期间，一天之内进出武汉大学校园的人次，竟达 30 余万之多！

下、文化史

珞珈山的日本樱花，记载了武汉大学与日本国数十年的恩怨。在日本帝国主义一手发动的残酷的侵略战争中，武汉大学与全国人民一道，既遭到了巨大而惨重的物质损失，同时也蒙受了无法弥补的精神创伤。诚可谓千年易过，日寇的罪孽难消！

然而，在武汉大学战后复员武昌珞珈山之后，当广大师生第一次见到这些来自敌寇故土的陌生花木时，虽国仇校恨犹历历在目，但却并未对其加以伐挞，而是选择了与这些美丽的“国耻花”为伴。因为他们知道，这些樱花虽然的确是穷凶极恶的日本侵略者在中华大地上耀武扬威的产物，但它本身是无罪的；人们之所以会欣赏它，喜欢它，完全是因为它自身的美丽。对樱花的喜爱和对日寇侵华暴行的愤恨，根本就是两回事；单纯的艺术欣赏和民族仇恨的情绪，实在不应强扯在一起。也正因为如此，当年曾“受命于危难之际，留汉护校，三年苦守”，以“手无寸铁之文弱书生”的身份，“冒险犯难，与寇酋数度周旋”，最终无比艰难地完成护校保产之艰巨任务与光荣使命的汤商皓先生，在自己的回忆文章中这样写道：

> 阔别数十年之旧地重游，亲友欢聚，抚今追昔，曷胜感怀……所幸予曾守护之校舍益见壮丽，珞珈东湖愈觉明艳，尤以弦歌大振……加以校区树木葱郁，昔日幼枝，今成干材，令人更深故国乔木之思，殊感激校当局培植之功绩。其中敌酋所植之樱木，树本无辜，亦欣欣向荣，绿叶成荫，惟花已过时谢矣。上月东游 Washington D. C.，见白宫前亦樱木成林，可知景物无分国界也。

从另一个角度来看，20 世纪 30 年代末日本人在珞珈山种下的这批樱花，不仅是对广大师生进行国耻教育的好素材，同时也是武大的科学工作者开展科研的好对象。当年周鲠生、李达等诸位校长对这批樱花均未伐之，大概也是出于这种考虑。在武大，就有这么一位观察、记录和研究了樱花长达 60 年的老教授——人称“樱花教授”的萧翊华先生。萧翊华是湖南涟源人，生于 1927 年，自幼在农村长大，日本侵华，“长沙大火”之后，他的学校几次搬迁，饱受战乱所造成的颠沛流离之苦，对日寇给中国带来的巨大灾难深有感触。抗战胜利后，萧翊华于 1946 年考入武汉大学生物系就读，当时的系主任正是中国植物生理学的先驱之一张珽教授。1947 年 3 月，武大师生在复员武昌之后，首次迎来了珞珈山日本樱花的盛开。于是，张珽教授将自己的课堂搬到了樱花树下，为同学们讲起了这批樱花的来历：

樱花属蔷薇科，落叶类乔木，是日本的国花。所以我们现在看到的这种樱花又称日本樱花。这是当年日本人侵华，把我校开辟为后方医院后，那些伤员们思乡心切而种下的。这本是我们中国人的耻辱，不过现在，日本人被打败了，这几株樱树反而成了战利品，成为日本侵华的历史罪证。

看到日本的樱花，萧翊华的感情很复杂，一方面，就个人而言，从民族感情上很难接受；另一方面，作为一名生物学专业的学生，用科学态度客观分析，樱花是很重要的一种观赏类植物，很有研究的必要。于是，这位立志献身科学而又饱受侵略战争之苦的武大学子，怀着这种矛盾而复杂的心情，在老斋舍的4个门栋下各选择了2株樱花树（共8株），开始了长达半个多世纪的观测。1973年后，珞珈山上的樱花又新增了山樱花、垂枝大叶早樱、红花高盆樱桃等品种，但为了保持记录的连续性，也为了保持他观测的初衷，他始终将目光锁定在这8株日本樱花上，对其开花期和落花期的记录数十年来从未间断过。其中，1954—1958年，萧翊华留学苏联，这段时间内武大樱花的花期都是由他的学生、后来成为他的妻子的刘文芳，连同他的老师陈权龙先生（陈赓大将之兄）一起代为记录的，而刘、萧二人也最终由樱花做媒而走到了一起；“文革”期间，这份记录资料在抄家中幸存，1973—1976年，萧翊华又先后被下放到武大沙洋分校和襄阳分校，这期间代为记录樱花花期的，仍然是他的妻子刘文芳。在这样的家庭环境里耳濡目染，使得他们的女儿萧玫后来也加入到了观察记录樱花的行列。

萧老数十年如一日从未间断地观测樱花花期，在全校是出了名的；同时，萧老预测樱花花期能八九不离十，在武大也是出了名的。萧老对樱花花期进行系统的研究，是从20世纪90年代开始的。他发现近十年来樱花开花提早的趋势特别明显，结合武汉50多年来的气温记录，他终于找到了关键所在。1997年，为纪念陈权龙先生诞辰80周年以及中日邦交恢复25周年，萧老和妻女合作，写成《珞珈山日本樱花五十一年的开花期与气温变化的关系》一文。萧老这篇文章在湖北省植物生理学会第十一次学术讨论会上宣读、交流后，引起了强烈的反响。大家认为，萧老提出的不仅是樱花花期预测的问题，而且提出了一个新的课题——观赏类植物的花期预报。1999年，湖北省气象科研所根据萧老无偿提供的记录资料，经过近两年的开发，补充、完善了气温、湿度、光照、日均差等相关资料，初步建立了一个樱花花期预报模式；2001年，该所通过武汉各大新闻媒体，提前三个月对外发布樱花花期，预测结果与开花期误差仅为2天。

而日本气象厅最早是从1953年3月5日开始选定几株樱花树，用作预测樱花季节是否开始的。萧老没想到自己记录樱花的历史比日本还要早上好几年！

从1947年至今近60年的时间里，珞珈山日本樱花每年的始花期、落花期、持续天数及原因，都巨细无遗地保存在萧教授的记录里。萧老的这些研究成果，对于繁殖生物学、物候学、气象学、生态环境学等学科的发展均有相当贡献。“如果时间允许的话，我还想记录樱花到60年！即使我死了，我还会让自己的女儿、孙辈继续记录樱花、研究樱花!”2007年10月19日，刚刚如愿以偿地实现了观测樱花60载之心愿的萧翊华教授，带着对珞珈山樱花的无限眷恋，溘然长逝。在他的遗体告别仪式上，一幅挽联高度概括了他不平凡的生命历程：“格稻一生平易彰显名家本色，恋樱五纪执著铸就学者高风。”而他的未竟之事业，自然亦会后继有来人，在他去世后，他的女儿、武汉大学资源与环境科学学院高级工程师萧玫就表示：“父亲走了，我和姐姐会继续观测樱花。”

事实上，身为武大学子，又有多少人不曾有过自己那份独特的樱花情结呢？无论是国耻的标志也好，友谊的象征也好，武大的樱花的确已远远地超出了普通花木景观的含义，在历史的长河中浸透出意味深长的人文气息。那些视珞珈山樱花为“国耻花”的武大学子们，他们自发地在游人中散发传单，大声疾呼“樱花虽美，国耻勿忘”，努力利用“樱花节”对广大同学和游客们进行爱国教育。在他们的推动下，校方于数年前在樱园老斋舍前竖起了一个“武汉大学樱花简介”的指示牌，向观光者讲述着那段永难磨灭的历史。而更多的武大学生只是将樱花当作一种普通花卉来看待，而不是让这些本身无辜的花木承载起太多政治文化层面的内容。在他们的心中，武大一年一度的樱花盛开，是一种唯美的心境，和一种激起美好青春回忆的珞珈情愫。无论我们是否承认，时至今日，珞珈山上的樱花，早已成为武大校园文化不可缺少、甚至是深入骨髓的一部分。不知从什么时候起，浪漫的武大人，便开始将老斋舍一带区域称为“樱园”，将老斋舍前植满樱花树的小路称为“樱花大道（樱园路）”，将老斋舍称为“樱花城堡”，将自己在老斋舍的住所称为“樱花树下的家”，甚至将“落英缤纷”一词改为“落樱缤纷”，继而是——“珞樱缤纷”！

我们完全有理由相信，只要“珞樱”依旧缤纷，在美丽珞樱的熏陶和洗礼下成长起来的一代又一代武大学子，也一定能够将武汉大学的校园文化继续推向繁荣，直到永远。

震旦博物院：中国最早的博物馆

震旦博物院旧貌

上海通社 1948 年版的《上海通》小册子内载：上海之有博物馆，始于1868 年天主教神父韩德创立的徐家汇博物院，虽然这家博物院实际只是在教堂内空屋中储藏历年收集所得的动物植物标本，并不公开展览，但的确是有记载的中国最早的博物馆（注：公开展览的博物馆，还是要以1874 年亚洲文会北华支会设立的上海博物院为最早）。1883年，徐家汇博物院在教堂附近特建专用馆舍；1930 年，徐家汇博物院出于物品日增，院舍不敷应用的考虑，另建新院于该教会私立的震旦大学北侧，并将该院拨归震旦大学管理，后来便被称作震旦博物院。

这里的震旦大学，即为今日上海第二医科大学所在地；校内这幢原震旦博物院三层楼房至今仍在，现归中科院上海生命科学院使用。至于徐家汇博物院旧址，于 20 世纪 40 年代末《上海通》一书出版时，在徐家汇天主教堂的正对面，还能见到“一垛矮砖墙，于满目荒凉的小院子内，有白墙二楼洋房一幢”。如今，则为教堂前的草地及拓宽的漕溪北路所取代了。

这座两易其名的博物院，实乃中国近代史上最早的博物馆。在其创立6年后，上海博物院才在今虎丘路上出现；至于号称中国北方最早的自然历史博物馆——北疆博物院，则迟至1914年才由法国神父桑志华在天津筹建。

早在徐家汇博物院创建前，当地的传教士已收集不少蛇鱼软体类动物及植物标本。1868年1月9日，法国神父韩德（Pére Heude，又名韩伯禄）抵沪后，即对这些标本进行整理，并在此基础上创办了徐家汇博物院，英文名为 the Museum of Natural History，意即“自然历史博物院”，以收藏动植物标本为主。

韩德莅沪不久即深入中国内地考察，采集了大量的动物标本，其中尤以麋鹿标本最为丰富，并著有《说鹿》一书，被法国教育部定为科学名著，并颁给奖章。1903年1月3日韩德逝世后，由另一法国神父柏永年继任院长。柏神父精于禽鸟类动物研究，1924年法国自然博物学会向他颁发了银质奖章，以表彰其在这一领域的突出成就，这份获奖证书现藏于上海档案馆。

另据史料记载，1883年徐家汇博物院楼房建成后，“每日午后准人参观，不取游资，亦无入场券，入门后须投名片，即有人招待导观”。

当历史翻到20世纪30年代初叶，徐家汇博物院60余年来不断收集的各类动植物标本，已将这座原本就不大的小楼堆得满坑满谷。于是，另觅新址、另建新楼的计划被提到教会的议事日程上来。1930年，新院舍在位于吕班路（今重庆南路）223号的震旦大学内破土动工，1933年冬建成向公众开放。据1934年4月出版的英文《中国科学美术杂志》记载：“院内陈列室的照明非常好，每一面墙的上方都有一排窗户用于采光。窗户下面是壁橱，它们都被放置在墙内的壁龛中。前面装着与壁龛表面齐平的玻璃。沿着长长的展厅摆放着玻璃橱柜，柜中较小的展品放在显眼的地方。”院方规定：所有陈列室的开放时间为每星期一、三、四、五、六、日的下午2时至5时，门票为每人每次法币2角。

因新博物院大楼位于震旦校园内（现在的重庆南路第二医科大学），且由学校当局管理，故改名“震旦博物院”。同样据前述《中国科学美术杂志》报道：“现在震旦博物院所藏的绝大部分自然历史资料，皆于 1868 年至 1902 年间在韩德神父积极筹划指导下收集”，为纪念这位功勋卓著的创始人，震旦博物院又以其名命名为“韩德博物院（MUSEE HEUDE）”。

1939 年 5 月 20 日，震旦博物院迎来了它迟到的 70 周年院庆。而此时距抗战爆发已近两年，博物院所在的法租界早已沦为“孤岛”。据次日出版的《新闻报》报道，震旦博物院“原定于去年举行 70 周年纪念大会，旋以战事影响，改期于昨日补行”。下午 5 时，法国驻华大使、驻上海总领事、时任震旦博物院院长郑璧尔神父及中外来宾 300 余人参加了院庆仪式。为此，博物院特发公告：“自 21 日起，免费开放两周，招待各界参观。”

震旦博物院

于是，“老记”们有幸“周游”了这座“老院新开”的博物院。该院共设三个陈列室。底层为古物部，“均系陈列中国古代之铜器、瓷器及玉器等项，上溯商周历代无不具备”。其实，这些古董原为徐家汇天主教堂法国神父葛氏收藏于土山湾孤儿院内，且密不示人。直到新大楼建成开放后，才并入震旦博物院公开展示。

让记者们特感兴趣的是，古物部陈列着一套崇明岛古墓中出土的文物。文物主人是清顺治年间举人黄泉口夫妇。1917 年，黄举人后代在崇明谢家镇迁葬祖先坟茔时发现，已入土 240 年的举人夫妇竟“尸身未朽，衣衾如新”。后来这具棺椁及随葬品为葛神父所得，便依黄举人尸身雕成木像，上穿出土“老衣”，旁置随葬各物，倒也令人发噱。

资料来源：吴健熙《星期日新闻晨报》

校歌校训故事之一：复旦新老校歌之争

刘大白

历史常有出乎意外的重复。经历了几次轮回后，由刘大白作词、丰子恺作曲，创作于1925年的老校歌才又重新响彻复旦园。

2004年12月20日，丰一吟女士来访复旦大学，带来了她父亲丰子恺先生（1898—1975）作曲的《复旦大学校歌》，歌词是1925年我国近代诗人刘大白（1880—1932）所作。珠联璧合的《复旦大学校歌》是一件新发现的“出土文物”。刘大白是在“五四”新文化爱国运动前后创作新诗的著名诗人，所作诗歌清新流丽，通俗易解，而且音韵铿锵，富于音乐性，所以常常配上曲调，成为乐歌。音乐家也喜欢为他的新诗谱曲，如赵元任（1892—1982）作曲的《卖布谣》和刘雪庵（1905—1986）作曲的《布谷》，都用他的新诗作为歌词。

2004年11月15日《百年校庆专刊》刊登了《关于统一使用复旦大学校歌的公示》，建议校歌统一使用由刘大白作词、丰子恺作曲，创作于1925年的老校歌。由此激起了广大师生讨论校歌的热情，并引发了关于校歌的

丰子恺

“维新”与“复古”之争。

复旦历史上共有三首校歌：一首是1925年刘大白作词、丰子恺作曲的复旦老校歌；一首是1930年黄炎培作词、徐希一谱曲的原上海医大（上海医大后并入复旦）校歌；还有一首是1988年集体作词作曲的复旦新校歌。在复旦新百年来临之际，究竟采用哪一首作为统一使用的校歌，新的，还是旧的？来自校园网和BBS网站上对校歌的投票结果出现了关于校歌的“复古”与“维新”之争。

维新与复古之争

“维新派”基本观点：新校歌有时代气息，琅琅上口，朝气蓬勃，简洁明了，节奏明快，通俗易懂，振奋人心。当时有代表性的观点比如生命科学学院研究生单梁就偏向于创作于1988年的新校歌。他说在学院的迎新大会上第一次听到新校歌，由4字组成的歌词，简单明了，铿锵有力，带有鲜明的时代特色。听到它顿时感觉意气蓬勃，重任在肩。生命科学学院研究生王乐遥也说这首新歌最适合作校歌。虽然创作于1925年的老校歌旋律和歌词都很优雅，但是它需要专业的合唱团体才能够演唱得了。而新校歌歌词意思浅显易懂，唱起来琅琅上口，可以说同学们听过几遍之后都能够唱它，而且只要是唱得整齐效果就会不错。所以校歌的创作应该考虑到这个因素，应当让每一个复旦人都会唱、都能唱！

“复古派”基本观点：老校歌有感召力，有气势，有历史感。旋律优美，内容古雅，恢弘大气，体现了复旦的学术地位和精神。生命科学学院校友、新校歌歌词作者唐中认为：复旦老校歌延展了校名“复旦”二字所出之《卿云歌》的意境，尽显大家之风范；悠长古雅的曲调，则与母校百年历史相得益彰。原上医校歌的专业性、行业化的歌词则恐不能反映复旦综合性大学的特征。复旦新校歌歌词在意境上缺乏抑扬和递进，相比之下稍显苍白和单薄。如果要从现有的三首中选择的话，还是复旦老校歌要好些。当然，老校歌如果能够增强一些时代感则会更趋完美。

宣传部诸葛辉说：老校歌的旋律特别动听，抑扬顿挫、起承转合，无论从韵律节奏还是从配器和声方面都比其他两首的艺术水准高，特别适合大型仪式典礼。百年校庆是展示我校综合实力的重要场合，老校歌的艺术水准更适合这样的活动。

还有一种折中观点：校歌既要有历史感、时代感又要兼容并包，新老校歌和原上医大的校歌应互相融合。物理系博士生导师、中科院院士、百年校庆筹委会委员王迅教授认为：校歌要有一定的包容性，老校歌难以兼顾。建议新校歌曲子不变，词改动。新校歌的词在文化气息方面不如老校歌，有点口号式。折中的看法，选新校歌的曲，词改编一下，把医学院以及老校歌的主题涵盖进去。新闻学院党总支书记萧思健则相反：曲调上保留老校歌的曲调，在歌词上做些改进，因为老校歌的歌词有些是反映了那个年代的东西，最好在歌词中也把原上海医科大学的精神反映出来。他说作为校歌要具备两个特点，一是无论词曲，都要有一种百年的历史感；二在内容上要有时代气息，在不同的时代反映不同的特点。

当局决定停新复老

2005年初夏，复旦百年校庆之际，在师生的强烈呼吁下，学校当局决定停用新校歌，恢复老校歌。全校一片欢欣鼓舞，复旦的校园网和BBS上一片闹哄哄。“新校歌轻飘飘的好像念儿歌”；“无论歌词还是曲谱，现行校歌和老校歌都不可同日而语，第一次听老校歌让我为自己是复旦学生而自豪，第一次听新校歌让我觉得无地自容”；“老校歌之内涵、思想以及文笔，无需渲染，已够我辈激动自豪不已，特别是‘学术独立思想自由，政罗教网无羁绊’，在国内是何等的缺乏，何等的令人神往”；“就是歌词的大气与个性，岂是新校歌所及万一”；“茕茕白兔，东走西顾，衣不如新，歌不如故”。拥护之声，不一而足。

老校歌曲作者之谜

为老校歌谱曲的丰子恺先生，不是复旦校友，以致后来张冠李戴，生出许多误会。为了确认老校歌的曲作者，中间还经历过一番波折。

据校友许有成先生说，早在近半个世纪前，他就听同学沈君偶然谈及其姨父丰子恺先生曾为复旦校歌谱过曲。但在当时，这种话题不便细谈。毕业后，沈君分配到贵州，几十年间未通音信，断了线索。

后来，81 级历史系有四位同学曾去调查过此事。他们 7 次走访朱仲华老先生。朱老先生 1913 年进入复旦中学部，在校 8 年。大学毕业后，又长期担任复旦校董。朱老先生当时还请了 1925 年入校的陈于德校友一起回忆老校歌的曲作者。朱先生说：“校歌好像有前后两种版本，前一种记不清楚了（北洋政府曾将古诗《卿云歌》定为中华民国国歌，复旦也曾以此为校歌），第二种是在 20 周年时创作的。”此时老校友陈于德插话：“1925 年时，由刘大白作词，丰子恺（时为江湾力达学院教员）作曲。丰先生花了两天时间，赶作此曲。校庆时，我们唱了这首歌。”朱先生也肯定了这一说法。

至此老校歌曲作者之谜才算解开。

1988 年新校歌的出现

1987 年 3 月 16 日，复旦校报头版头条刊登《我校决定征集新校歌》一文。此后，前来投稿的师生络绎不绝。截稿时共收到校内外应征稿件 154 件，成歌作品 57 件，曲 3 支，其余均为歌词。生物系学生唐中作词，历史系文博班进修生李南书谱曲的《复旦的光华》在此次评选中脱颖而出，被暂定为新校歌。而日后所说的“新校歌”则是 1988 年在原《复旦的光华》基础上，经集体创作而成的。1988 年 5 月 23 日出版的校刊还为其“转正”

发表了一篇文章：《新校歌“复旦的光华”——将以豪迈的歌声迎接八十三周年校庆》。新校歌词如下：“你是复旦人，我是复旦人，我们共同拥有新的理想。民族的崛起，人民的富强，未来的历史重任在我们肩上。刻苦严谨，求实创新，努力前程，为国栋梁。文明健康，团结奋发，复旦复旦，日月辉煌。”

附 1：复旦校歌（1925 年刘大白作词、丰子恺作曲）

复旦复旦旦复旦，巍巍学府文章焕，学术独立思想自由，政罗教网无羁绊；无羁绊，前程远，向前、向前，向前进展！复旦复旦旦复旦，日月光华同灿烂！

复旦复旦旦复旦，师生一德精神贯，巩固学校维护国家，先忧后乐交相勉；交相勉，前程远，向前、向前，向前进展！复旦复旦旦复旦，日月光华同灿烂！

复旦复旦旦复旦，沪滨屹立东南冠，作育国士恢廓学风，震欧铄美声名满。声名满，前程远，向前、向前，向前进展！复旦复旦旦复旦，日月光华同灿烂！

附 2：《卿云歌》首段

相传是舜禅位于禹时，同群臣互贺的唱和之作，始见旧题西汉伏生的《尚书大传》：

卿云烂兮，缦缦兮。日月光华，旦复旦兮。明明上天，烂然星陈。日月光华，弘于一人……

附 3：候选校歌选登

复旦的光华（唐中）

校歌

劉大白 作詞

豐子愷 作曲

复旦老校歌

同一个太阳，同一条黄浦江，同复旦的光华，同一个太阳，同一条黄浦江，同一个卿云亭，同一座相辉堂。同一个黎明，我们走到了一起，从此，心中回荡着同一个声响。

日月光华旦复旦兮，龙的故乡震旦远扬。你是复旦人，我是复旦人，我们重新拥有一个新的故乡。民族的崛起，人民的富强，今后，就担负在你我身上。求实奋发团结向上，光大复旦我之荣尚。

同一个太阳，同一条黄浦江，同一个卿云亭，同一座相辉堂。会有一天，我们奔赴四方，华夏腾飞日，天涯共飞觞。日月光华旦复旦兮，复旦精神随我远扬。

复旦校歌（吴彻）

多少个春秋多少年继承，复旦人共铸我科学殿堂。千万里河山千万里鲲鹏，复旦人同扬我复旦荣光。博学笃志，切问近思，精研科学，弘扬文明，富国可忘我，求知应自强。天下为己任，华夏树栋梁。复旦，复旦，日月光华同灿烂！复旦，复旦，日月光华共辉煌！

资料来源：《音乐爱好者》、薛明扬《复旦杂忆》（复旦大学出版社）、《新闻晨报》

西南联大：学术自由　民主堡垒

1937 年卢沟桥事变后，国立北京大学、国立清华大学和私立南开大学合并，在长沙组建临时大学。1938 年春，又西迁昆明，改称国立西南联合大学。直到 1946 年 5 月，北大、清华、南开才得以复员北上，迁回原址。

西南联大旧址

西南联大，一所办学不到10年的大学，以其对独立、自由、民主的执著追求与坚持，成为一代知识分子的精神殿堂。著名物理学家杨振宁曾说："我一生非常幸运的是在西南联大念过书。"西南联大之所以能成为中国乃至世界教育史上的奇迹，可以说"教授治校"，功不可没。

"我的表，你戴着"

西南联大的成就，首先源于领导班子的团结。南开校长张伯苓与清华校长梅贻琦有师生之谊，梅贻琦曾毕业于张伯苓创办的敬业中学堂（南开前身）。西南联大成立之初，张伯苓又诚恳地对北大校长蒋梦麟说："我的表，你戴着。"这是天津俗语"你做我的代表"的意思。

北大校长、曾自嘲为"北大功狗"的蒋梦麟，也颇懂得"无为"之道，他曾经说过一句名言："在西南联大，我不管就是管。"如果不肯放手，各自为政，势必造成联而不合、三个和尚没水喝的局面。

西南联大的主要管理机构，简而化之，一为常务委员会，一为教授会。三校校长——蒋梦麟、梅贻琦、张伯苓组成常务委员会，领导学校工作。同时，西南联大行政上设教务、总务、训导三处，三位处长以及理、文、法、工、师范学院五位院长均列席常务委员会，每周开会一次。以上职位，除训导长由政府委派外，其他均由三校教授担任。

西南联大成立之初，北大与清华一度闹矛盾。据钱穆《师友杂记》记载，梅贻琦曾在提名联大各学院院长、系主任时，偏向清华，引起了北大师生不满。不久，蒋梦麟恰好有事到位于蒙自的文法学院去，北大教授于是纷纷向他"告状"。一时师生群议分校，争取独立。钱穆在发言中力排众议，认为国难当头，大家应以和为贵，他日胜利还归，各校自当独立，不当在蒙自争独立。蒋梦麟随即插话："今天钱先生一番话已成定论，可不在此问题上起争议，当另商他事。"蒋梦麟采纳了钱穆之论，教授们便都不说话了。

蒋梦麟在西南联大时的不争，成就了西南联大。如果争的话，就成第二所西北联大了。西北联大1937年9月在西安成立，由北平大学、北平师范大学、北洋工学院等组成，不到一年就分崩离析。

由于张伯苓和蒋梦麟不争名位，同时他们又都在重庆兼有其他工作，因此，主持西南联大的具体事宜，更多地落在了梅贻琦肩上。

“所谓大学者，非谓有大楼之谓也，有大师之谓也”

从1931年起，梅贻琦便担任清华大学校长，此后直到1962年于台湾逝世，他一直服务于清华，因此，梅贻琦又被誉为清华的“终身校长”，台湾新竹清华大学也是他一手创办的。在他任校长之前，清华师生倒校长、赶教授是家常便饭，校长在任时间都不长。但任何时期，清华学生喊出的口号都是“反对某某某，拥护梅校长”。有人问梅贻琦有何秘诀，他答：“大家倒这个，倒那个，就没有人愿意倒霉！”

梅贻琦向来重视教授的作用，他认为：“一个大学之所以为大学，全在于有没有好教授”，“所谓大学者，非谓有大楼之谓也，有大师之谓也”。在有关办学的一些重大事宜上，梅贻琦注意听取有威望有影响的教授的意见。当别人问他的办学主张时，他常说：“吾从众。”这并不是他没有主见，而是充分尊重教授们的治校意见。作为校长，他能够摆正同教授的关系，他说：“教授是学校的主体，校长不过是率领职工给教授搬搬椅子凳子的。”

梅贻琦同时将自己比喻成京戏里叫“王帽”的角色，看上去煞有介事，前呼后拥，“其实会看戏的绝不注意这正中端坐的‘王帽’。他因为运气好，搭在一个好班子里，那么人家对这台戏叫好时，他亦觉得‘与有荣焉’而已。”

正是在这样一种民主、自由的氛围中，西南联大才识卓绝的教授们，才不断创造了生动活泼而卓有成效的教育奇迹。

在西南联大，曾当过孙中山秘书的刘文典上课便很有个性。为讲《月赋》一文，刘文典特意选择在十五月圆之夜，当着一轮皓月开讲：“美人迈兮音尘阙，隔千里兮共明月？”师生沉醉其中，不知今夕何夕。当学生问他怎样才能把文章写好时，他说只要注意“观世音菩萨”就行了。随即他解

西南联大纪念碑

释道："'观'是要多多观察生活；'世'是要明白社会上的人情世故；'音'是文章要讲音韵；'菩萨'是要有救苦救难、为广大人民服务的菩萨心肠。"

在破格录用教授方面，西南联大也不拘一格，唯才是举。沈从文小学读完后就去当兵，发表了许多小说，尽管未当过教员、讲师、副教授，也未去国外留学，仍于1939年被联大师范学院聘为教授。一贯自称"乡下人"的沈从文，从此便操着他那浓重的湘西口音，在西南联大认真地讲授他的写作课。后来，沈从文培养出了"最后一个京派作家"——著名小说家汪曾祺。

西南联大教授们的敬业精神也令人感佩。朱自清任教西南联大时，尽管日本飞机常常飞来轰炸，生活也困难，但他依然兢兢业业，每天工作到夜里

12 点以后才休息。一次，朱自清得了痢疾，可是他已答应学生第二天上课发作文，于是他便连夜批改学生的文章。而在他书桌边，就放着马桶。朱自清改了整整一夜的作业，也拉了 30 多次。第二天，他脸色蜡黄，眼窝深凹，人都变了相，可他连脸都没洗，提起包又给学生上课去了。

“如果让我加入国民党，我就不做这个院长”

西南联大在反对行政干涉和党化教育方面，尤为难能可贵。

为坚守民主治校，西南联大坚决反对“官本位”意识。就连称呼上，西南联大只有“先生”、“学生”两种称呼，学校教职员一律称“先生”或者“某某师”，而不会有“某院长”、“某处长”、“某主任”之称。

1938 年 3 月，国民党颁发通过了《战时各级教育实施方案》等文件，明确规定以“三民主义”为抗战行动的最高准绳，把各级教育纳入“最高准绳体系。”

同年秋，教育部又明文规定“党义（三民主义）为当然必修科目”。对此，西南联大工学院院长吴有训曾非常不满地说：“三民主义”被蒋介石搞成了“三迷主义”——官迷、财迷、色迷。

西南联大校旗

据说当时西南联大开党义课时，讲师往讲台一站，马上给学生鞠一个躬说：兄弟这门课是奉送的。后来随着抗战形势的发展，西南联大的三民主义教学几乎到了举步维艰的地步。不但听课的学生寥寥无几，就连为获得成绩的读书报告，很多学生也懒得交。学校也采取敷衍态度，交不交作业都给学生及格以上的分数。

1939 年，陈立夫为教育部部长，政府又规定说：西南联大院长级别以上的人，都得是（或要成为）国民党党员。对此，西南联大很多教授不以为然。法商学院院长陈序经就说：“如果让我加入国民党，我就不做这个院长。”闻一多发现同屋的教师是国民党员后，专门就此向学校提出换房，理由是在房间里骂国民党不方便。

1946 年，冯友兰教授撰写了《国立西南联合大学纪念碑》。文中写道：“联合大学以其兼容并包之精神，转移社会一时之风气，内树学术自由之规模，外获民主堡垒之称号，违千夫之诺诺，作一士之谔谔。”这精辟地概述了西南联大教学治校的精髓。

资料来源：萧且行《文史参考》

齐鲁大学——中国历史上最早的教会大学

齐鲁大学是1904年至1952年在中国山东省办学的一所教会大学，由来自美国、英国以及加拿大三国的14个基督教教会组织共同筹款联合开办，其前身为山东基督教共合大学（Shantung Christian University），1904年由潍县广文学堂、青州共合神道学堂和济南共合医道学堂合并而成。

齐鲁大学校友门

作为中国历史上最早的一所教会大学，齐鲁大学最盛时号称“华北第一学府”，与燕京大学齐名，有“南齐北燕”之称，中华人民共和国成立后，原礼拜堂旧址建起来的医学院主楼齐鲁大学逐渐并入山东大学，其校址为今山大西校区，坐落在文化西路以南、经十路以北，占地545亩。

虽然齐鲁大学和山东大学同处在山东，但是在新中国成立前，也就是1901到1949年，这两所著名大学的关联并不多。齐鲁大学校长、毕业于美国哈佛的刘世传，曾不无自豪地说：“正如我的另一个母校，哈佛大学是美国最老的大学一样，齐大是中国最老的大学，绝对没有一个中国大学能在这一点上赶上齐大！”

初创时期

19世纪60年代，美国北长老会（American Presbyterian Missions, North）差会在山东登州府城（蓬莱）建立了在中国北方的第一个传教基地。1864年，美北长老会传教士狄考文（Calvin Wilson Matteer）到登州城里一所叫“观音堂”的破庙里办起免费义塾，起名“蒙养学堂”。1872年取“以文会友”的意思，学堂正式定名为“文会馆”，这是齐鲁大学的重要萌芽和发端。

文会馆大学部的课程主要有两大类：圣道文学、天化格算。具体是：四书五经、策论经义、中国史记、万国通鉴、福音合参、天道溯源、省身指掌、救世之妙、是非学、心灵学、富国策、圆锥曲线、微积分、天文学、代数学、地理学、地理志、地石学、测量学、数学、化学、乐法、体操。在教学实验设备方面，锅炉、蒸汽机、柴油机、电动机、发电机、铣床、电镀设备、磨光机、螺丝机、化学药品、瓦斯灯、烧焊用具、各种电池、显微镜、望远镜等一应俱全。当时在整个中国也没有几处设备这么先进、齐全的学校。也正是在登州文会馆时期，狄考文和教师邹立文合作，最早将阿拉伯数字引入中国。

在山东省传教的另一个重要差会是英国浸礼会（English Baptist Missionary

Society)。1875 年，英国浸礼会将传教基地从烟台迁到青州。1884 年，在青州创办了一所广德书院（Tsingchow Boy's Boarding School）。义和团运动之后，英国浸礼会和美国北长老会决定合办大学。1902 年在青州开会，通过了合办"山东基督教共合大学"的决议，将文会馆与英国浸礼会在青州办的广德学堂合并，取两校名的头一个字，起名为"广文学堂"(Shantung Protestant University)。

1890 年，美国基督教长老会在济南设立教会医院，附设医道学堂。1906 年与青州医道学堂合并称为济南共合医道学堂。1916 年在北京的美国"罗氏竹花医学社"将北京协和医院的三个班的学生转来济南并入共合医道学堂。

1924年齐鲁师生欢送巴校长回国

1904年，广文学堂校址迁至潍县东郊的乐道院，与青州的神学堂、济南的共合医道学堂并列，分别作为山东基督教共合大学的文、理、神、医四科。1908年，英国传教士校长卜道成在济南老城区西南租土地545亩筹建大学，到1911年校舍落成，济南当局为方便学校和已建医院的交通往来，新辟城门一座称“新建门”。

齐鲁定名

1917年，潍县广文学堂、青州共合神道学堂迁来济南，并入共合医道学堂。同年，南京金陵大学的医科和汉口“大同医学”两校师生，也并入济南共合医道学堂。为了适应学校扩充需要，学校筹巨款200余万元，在当时济南市南关新建门外，建筑校舍，创办新校，正式定名为齐鲁大学，在教会内部仍称山东基督教共合大学。

齐鲁大学设文理学院、医学院、神学院，文理科为4年制，医科为7年制，共有学生277名，教工53人。此时的校长为英人布鲁斯，经费由英、美、加等国教会支付。学校逐步设立文科、理科、医科、神科、社会教育科、天文科、农科和国学研究所。学生来源非常广泛，社会各阶层，信或不信基督教的都有，是当时山东省内最大的一所高等学府，并在加拿大立了案，它的最高管理机构总部设在多伦多市，在英国的伦敦和美国的纽约也设有分部。

在中国立案

齐鲁大学成立后，采用西方教育模式，校长、系所主任及教授大部分由外国传教士担任，大多数采用英语教学，创办后的十几年间，异常复古与守旧，宗教气氛十分浓郁，入学不入教要受到歧视。

1929年国民政府颁布大学组织法与大学规程，要求所有民办大学一律立案纳入管辖，并冠以私立两字，其校长必须由中国人担任，外国人在学校董事会中的名额不得超过 1/3。1930 年孔祥熙任董事长兼名誉校长，首任华人校长由当时的国民教育部部长朱经农担任，礼拜堂也改为大礼堂。1931 年 12 月终被南京政府教育部核准立案。

在时任齐鲁大学文理学院院长的林济青接任校长期间，创新办学思路，广泛延揽人才，创办国学研究所，齐大进入一个新的发展时期，声誉鹊起。1930 年老舍先生来到齐鲁大学文学院任院长。

1937 年 10 月，日军逼近黄河，大部分师生及主要教育教学设备迁往四川，在成都华西坝借华西协和大学的校舍复校开课。1945 年 10 月在济南复校。

1952 年全国高等院校进行院系调整，齐鲁大学被解体，神学院和国学研究所被撤销，文理学院划归山东大学、南京大学和今山东师范大学，农业专科划归今山东农业大学，保留其医学院更名为山东医学院，校址为山东大学西校区。

人才济济鼎盛期

20 世纪 30 年代初，齐大从北平邀请来五位名人。著名作家老舍从英伦三岛归国不久，即衣袂飘飘入齐大，挟一股新文学清新之风，吹入这所洋教会大学。在这里老舍创作了大量优秀作品，如《济南的冬天》、《济南的秋天》、《大明湖》、《牛天赐传》等。身兼齐大“新文学教授”与“《论语》八仙”幽默大师双料头衔的老舍，操一口京腔，冷面妙语，纵横跌宕，融古今中外于一炉之讲课，大受青年学子们的欢迎，轰动全校。除文学院国文系本班学生外，许多其他院系的学生也跑来旁听，教室里常常挤得水泄不通，一些人只好窗外站听。

与老舍同在齐大文学院任教的栾调甫，是蜚声海内外的墨子研究专家，人称“齐鲁一大怪杰”，梁启超呼其“迈越前人，石破天惊”。甲骨文研究大家胡厚宣在这里出版了《甲骨六录》等多部著作。中华人民共和国成立后，胡厚宣任《甲骨文合集》总编辑。1932 年加拿大人明义士，被齐大聘为考古学教授，他将自己在河南安阳收集到的甲骨和其他文物运到济南，在校内建博物馆。明义士的儿子明明德曾任加拿大驻华大使，前几年明明德向山东大学捐赠了父亲留下的大批有价值的资料和文物。

1934 年夏，老舍离济赴青岛大学任教，接替老舍而来的是青年剧作家马彦祥。马乃故宫博物院院长马衡之公子，已在话剧界颇有名声。马氏到齐大后，另开了《戏剧概论》和《文艺学》等新课程。当时马彦祥仅二十七八岁，青年英俊，风度翩翩，喜饰仪容。

存留建筑

原齐鲁大学的建筑堪称近现代建筑的博物馆。除个别受到损坏拆除外，其余均保护尚好，仍在使用中。齐大虽然已经“作古”，她留下的那些典雅、古朴、大方、充满了异国风情的校舍建筑，已经成为中国大学校园一道不可多得的美丽风景。美丽校园北依趵突泉，南眺千佛山，老舍先生称之为“非正规的公园”。

校友门：原齐鲁大学校门，建于 1924 年，由齐鲁大学千名毕业生捐资修建，门的造型完全采用中国传统的三间三叠式的牌楼性质，门楣正面匾额上的校名经历了“齐鲁大学”、“山东医学院”、“山东医科大学”和“山东大学”的变迁。

康穆礼拜堂（Kumler Chapel）：是全校的中心建筑，选址在校园地势最高的南部台地上，平面为拉丁十字形，全部为大块蘑菇石砌筑，惜已拆除，现址为山东大学医学院。

麦柯密古楼（Administaration Building）：即办公楼，建成于 1923 年，位于齐鲁大学中心花园中轴线的北端，与康穆礼拜堂相对，两层砖木结构，另有地下室。内走廊，南北布置房间，两面采光，被誉为“中国建筑复兴样式”的代表作。1952 年以来，一直为校区的行政中心，1997 年被一场大火夷为平地。现址为新建的综合教学楼。

考文楼（Calvin Mateer Hall）、柏根楼（Bergen Hall）：在校园中部，槐

1924 年康穆礼拜堂

荫路路南，建有两栋庄重典雅的大体量教学楼。一座是考文楼，一座是柏根楼。这两幢楼互相对称，建筑风格上也体现出中西合璧的特点。考文楼为原齐鲁大学物理学、生物学楼，今为教学五楼，建于 1919 年，当年是为了纪念齐鲁大学的创始人之一、文会馆创办人狄考文而命名的。柏根楼则为化学楼，今为教学三楼，建成于 1917 年，当年是为了纪念齐鲁大学的创始人之一、广文学堂首任校长柏尔根而命名的。它们是原齐鲁大学单体体量最大、保持历史原貌最好的两座老建筑。

两座建筑的建筑风格、建筑面积和建筑体量都基本相同。主楼包括地上三层和地下一层，楼内中部为走廊，两侧分布着教室和实验室，两幢楼的屋顶均为中国传统硬山顶。为了和屋顶相互呼应，主楼一层和二层之间的砖雕上都雕着万字、寿字、中国结、菊花等图案。

两座楼最大的不同是楼门，考文楼这么大的教学楼只有一个大门，大门由楼体凸出一个斜坡式前厦而成，门外两侧有大型抱鼓石，这两块抱鼓石在济南是最大的。柏根楼东西有两个石框墙门，将古代彩绘雕刻成立体图案，这在济南是很少有的。

圣保罗楼：1917年兴建，临齐鲁大学最北端的杏林路，与小教堂围合成一个内向庭院。起初为神职人员的住所，1952年后为教工宿舍。小教堂即圣保罗堂（现为工商银行网点），1909年由美国传教士葛焕瑞所建。

号院：兴建于1916年，由两列八幢二层的砖木宿舍楼组成，为6个院落，号称“四百号院”。该建筑90年来一直作为宿舍使用至今。平瓦坡屋面硬山顶。东西各设一个宿舍院的总入口，建筑的门窗组合用毛石砌筑的墙角隅石处理。每幢楼共有30间学生宿舍，居住条件在当时十分优越。

景蓝楼：位于大学最西部的是景蓝楼，建于1924年。纪念女生部主任兰那德，又叫兰那德楼，是女生宿舍，这是一幢纯粹的欧式建筑，平面为凹形，也是砖木石结构，地上二层，地下一层，有德国式老虎窗。原是女生宿舍，现为山东大学耳鼻喉研究所。

西式别墅群：在齐鲁大学长柏路上，有12座西式别墅楼，从东到西一字排开，仿佛一个规模宏大的别墅建筑展览。这些别墅原为齐鲁大学教授楼，结构不同，形态各异，是济南市最集中的西式别墅建筑群。

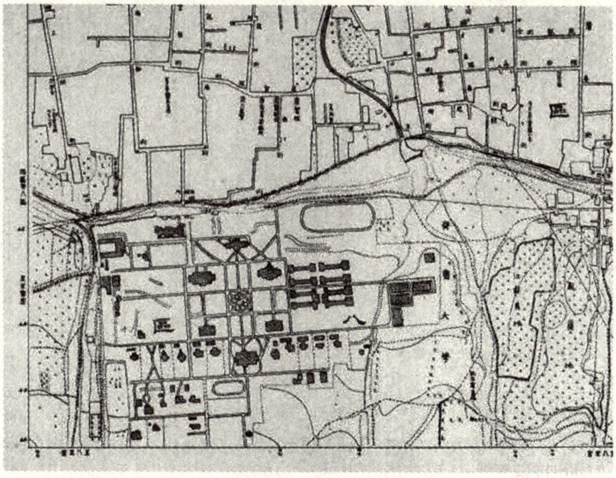

1933年齐鲁大学平面图

葛罗神学院楼（School of Theology）：建于 1893 年，由英国爱德华·罗宾逊夫妇捐资修建，当年是为了纪念罗宾逊太太的父亲葛奇博士和罗宾逊先生的父亲伊利沙·罗宾逊而命名的。

奥古斯丁图书馆（Augustine Library）：与葛罗神学院相对，由加拿大温尼伯奥古斯丁教堂捐资兴建，奥古斯丁是古代基督教著名作家，基督教神学两大师之一。

资料来源：武勉《福音时报》

小　典

河大师生逃难纪实

河南大学于1939年6月因开封沦陷，迁入伏牛山深处的嵩县县城及嵩县潭头镇。

1944年5月，日军又陷洛阳。因校长王广庆思想麻痹，没有什么防范，又因国民党军队闻风溃逃得很快，当学校师生得到消息准备迁移时，日军已到嵩县，直逼潭头，什么都措手不及了。

我是5月12日晨和同学一起，背起行李卷仓皇出走的。除少数教授侥幸雇到毛驴驮东西外，没有什么交通工具。那天，潭头小镇，一片混乱，到处可以看到人们惊恐的神色，到处是无法带走丢弃的衣物、书籍。就这样，或扶老携幼，或三五一伙，有的惶然，有的悲戚，也有少数学生像远游者一样，似乎不知什么愁滋味，一支毫无组织的流亡大军出了南寨门。他们在伏牛山深处，经庙子、栾川，越摩天岭、过西坪镇，于6月初陆续集中在淅川荆紫关镇，停了下来。12日及13日出走的一些人，绝大部分是学生，年轻能跋涉，也容易忘掉忧愁，虽苦却不觉怎么苦。山区人民厚道，所到之处，都可得到他们的帮助，有些殷实大户，甚至以饭菜招待。在人群中，不时可以看到男同学肩挑背负与女同学同行，不用问，这是正在恋爱中的一对，我们戏称这些男同学为“驮子”。最惨的是晚走两天的学生和行动不易的教职员。15日，日军逼近潭头，大雨滂沱，山洪暴发，人们想走也走不了了。在急难择路的逃避中，有5人同日军遭遇，当场中弹身亡。女同学李先识、李先觉姐妹及先识之夫刘祖望，逃避不及，共投一井自尽。医学院院长张静吾两次被俘，其妻被害于杨坡岭，侄仲宏被刀刺入颈部，伤势严重。农学院院长王直青、教授段再丕等二十余师生一起陷入日军包围，被罚作苦工，稍有怠慢，便遭毒打。王院长不堪忍受，跳下山崖，身负重伤。《植物学大辞典》主编黄以仁老教授，逃出潭头到荆紫关后，一病不起，含悲而死。

一堂堂高等学府，遭此浩劫，实旷古少有！此日军之灾乎？人为之祸乎？王广庆因此被迫辞职，校长由张广舆（仲鲁）接替。

资料来源：刘家骥《中州钩沉》

怀念陆鸿年老师

陆鸿年老师，字信北，原籍江苏太仓县，1914 年出生在北京，其祖父陆宝忠，外祖父徐甫均系清代显宦。

先生自幼酷爱国画艺术，1936 年毕业于辅仁大学美术系，毕业后留校任讲师。“七七事变”前，故宫古物陈列所所长钱桐萤成立国画研究馆，专门为研究临摹历代名画培养人才。陆老师为第一期研究员，同期有田世光、俞致贞、王学敏、谢天民等。当时该馆聘请张大千、黄宾虹、于非闇三位国画大师为导师，每周来馆讲课指导。陆老师在国画研究馆学习期间将历代帝王像全部临摹完毕。这对祖国的绘画艺术和历史资料都是很大的贡献。先生每临一幅画都很细心观察原作，一丝不苟，对人物造型，衣纹线条非常重视。为了画好衣纹，必将原画反复阅览多次，每临一次都和原画作详细比较，日积月累，技法不断提高，逐渐形成自己的独特风格。先生临摹的古代人物画以人物传神、衣纹流畅逼真见称。1942 年我考入国画研究馆，成为第五期研究员。当时陆老师是人物班的讲师，我在人物班学习时，老师总是热情帮助，耐心指导，并告诉我们学画要先临画。临画要细览原作，详加揣摩，不要急于求成，否则就临不出原画的笔法和神态。先生以自己临摹帝王画像的亲身体会，言传身教，使我受益很深。记得先生叫我临钱谷的《十八罗汉图》，用白描手法，铁线衣纹，并为我讲解衣纹在人物画中的重要性，古画中多以墨代色的道理，这是中国画的特点。总之我在国画研究馆 3 年，在先生的指导下，给我的国画技法奠定基础。

先生是中国画系讲师，后任副教授、教授。1950 年初先生和田世光、黄均、叶浅予几位先生发起组织成立“新国画研究会”，齐白石任会长，名誉会长何香凝，副会长陈半丁，是北京解放后最早成立的美术界的群众团体。其宗旨是使国画为社会服务。在这期间，先生创作有《草原人民婚礼》、《苗族人民新生活》等许多新年画，受到好评。1953 年先生被评为北京市优秀文艺工作者。先生曾去敦煌、永乐宫、麦积山等地考察壁画，发表了许多重要学术论文，对国内外美术界影响很大。陆老师为人谦虚谨慎，对人诚恳，学识渊博，艺术精深，用毕生精力培养大量国家人才。

老师虽然早已离开我们，但老师的教导，使我终身难忘，老师的音容笑貌永远使人怀念。

资料来源：赵世威《京华风物》

翦伯赞谢绝蒋介石听课

冯玉祥将军平生好学，经常请老师辅导其学习。抗日战争后期，他曾请翦伯赞先生为之讲授中国通史。一个晚上，正当他和夫人李德全及子女聚精会神地听翦伯赞先生讲课时，副官突然进来向冯将军附耳低语，冯立即起立向翦请假，称接待一来访贵客。翦点头同意，继续讲课。

此贵客乃蒋介石，见到冯玉祥迎出来，十分高兴。冯请蒋入客厅茶叙。蒋问冯："吾兄晚上作何消遣？"冯答："正和家人一道听家庭教师讲历史课。"蒋介石惊愕道："啊！吾兄偌大年纪，还这样发奋？难得！难得！"蒋介石随即参观冯的府第。各处看毕后，蒋又要求到教室去看看。

当冯陪蒋介石进入教室，翦伯赞、李德全都起立致意。蒋介石说："大家请坐，大家请坐，我也和大家一起听先生讲课。"翦伯赞一怔，急中生智道："蒋主席，很对不起，我恰恰将这一章讲完，时间到了，该下课休息了。"蒋介石说："呵，时间到了？正该休息，正该休息。"

蒋介石走后，翦伯赞问冯玉祥："他深夜突然造访将军，到处转转为了什么？"冯答："他这个人就是这样，不先通知就突然光临，他各处看看是为察看我是否悬挂了他的肖像。翦又问："你挂了没有呢？"冯答曰："我怎么会不挂呢？他是领袖嘛！"

资料来源：陈燕民《陪都星云》

老舍在济南的旧居

1930年夏至1934年秋初，老舍在济南生活、教书、写作，度过了一生中一段难忘的平静美好的时光。老舍称济南是自己的第一故乡；研究者说这段时间是他文学创作的黄金时期。时隔半个多世纪，老舍当年旧居至今犹存，作为历史的遗迹，今略记之。

马喀考米卡楼

这是一座青灰色的小洋楼，在现今山东医科大学校园之内，它是当年齐鲁大学文理学院的办公楼，洋名马喀考米卡楼。1930年老舍应齐大校长兼文理学院院长林济青的邀请前来任教之初，就住在这里。当时，二层楼梯右侧是院长、校务主任办公室，左侧为教员单身宿舍。老舍住在西头南边的第一间，实为全楼的西南角。从这里推窗南望，可以远眺庙宇点点的千佛山；楼下，槐榆夹道，碧草如茵，十分幽静。就是在这间屋子里，老舍在教课与兼编《齐大月刊》之余，写出了以济南“五三”惨案为背景的长篇小说《大明湖》。可惜小说未曾面世便焚于上海“一·二八”战火。与老舍对门而居的张西山先生是这部小说原稿的第一位读者。那时两人都很年轻，又都是贫寒出身，很谈得来，常在一起散步聊天儿，有时还就着花生米干几杯酒。

南新街五十四号小院

一个红砖黑门很不起眼的小院，委身于窄小旧巷之中。如今当年的茅屋已改作瓦房，院内的二门早已拆除，门牌也由五十四号变为五十号，其余无多大变化。

1931 年暑假，老舍回北平与胡絜青女士结婚。婚后携夫人回济，在零外南新街赁屋而居，就是这个院子。小院大门坐东朝西，二门内西、北、东三面有房。北面上房由老舍与夫人居住。房内一分为二，东边是卧室，西边一间半是老舍会客和写作的地方。老舍的长篇小说《猫城记》、《离婚》、《牛天赐传》，《赶集》中的绝大部分短篇小说以及发表在《论语》等刊物上的幽默诗文，皆写成于这间屋子。当年，小院种满了花草，还有一株紫丁香和一大缸荷花。天井里有一眼水井，一早一晚，老舍自己打水浇花，施肥捉虫，花儿开得颇旺盛，吸引了不少朋友前来观赏。老舍夫妇在这个小院里住了 3 年，生下女儿舒济。老舍曾在一张全家福的照片上题诗一首，记下当年的生活情景："爸笑妈随女扯书，一家三口乐安居。济南山水充名士，篮里猫球盆里鱼。"

近几年常有人光顾这里，胡絜青与舒济以及日本、法国的老舍研究者们都曾来过。不过，据现主人说，小院即将被拆除，因为附近某机关要在这里建锅炉房，通知已下过好几次。

长柏路二号教授楼

现今山医大校园内南边，绿树掩映之中有一幢红柱灰砖方形尖顶的小洋楼，这就是长柏路二号，当年齐鲁大学的外籍教授楼。

1937 年 8 月，老舍由青岛重返齐大，先住校内"老东村"平房，不久迁入此楼。这是一幢结构颇为别致的"姊妹楼"：楼当中并列着两个楼门和平行上升的两个楼梯，把小楼分为东西各半，老舍一家住东半楼，楼下两大开间作为客厅和书房，楼上是卧室。楼前楼后花木扶疏，环境幽雅。站在卧室窗前，可于晴空下远眺千佛山和马鞍山的秀色。但此时老舍已无心观赏山景，因为日寇进逼，济南危在旦夕，虽说学校已经开学，实际上已无法上课，每天都有教师和学生来向老舍辞行，有的往南边走，有的回家乡去。老舍在小楼里整日忧心如焚，坐卧不宁，虽然编讲义和写作尚未止笔，但最关心的却是看报纸和听广播。不久他便只身奔赴大后方参加抗战，再也没有回过济南。

老舍走后，胡絜青和三个幼小的孩子于 1938 年返回北平，但老舍留在楼上的全部书籍、讲义、手稿等，均于日军进占齐大后散失。

资料来源：李耀曦《山左鸿爪》

女子与幼儿教育的先驱者严修

近代女子教育在积淀着几千年男尊女卑封建糟粕的中国大地上破土而出，没有远见卓识的先驱人物的改革，是不可能实现的，天津严修，就是这样的人物。

严修重视女教，早在他1895年任贵州学政期间，就着手编撰《教女歌》六百言寄家以教其女。后经林墨青委付中华书局印行，并由直隶巡按使朱家宝通饬各属，以广流传。庚子后，严于1902年7月赴日本考察归来，即以自家为试点办起了严氏女塾。学生主要是自己和亲友家里的家属，年龄从10岁到20岁不等，设国文、算术、外文、手工及缝、洗、编、织等劳动课。使用他从日本带回来的教具和教科书，并从日本请来川本、山口、野崎几位女教师任教，具备了女子学校的雏形。

这在当时，是开风气之先的举措。因为直到次年即1903年，清廷才颁布《蒙养院章程及家庭教育法》，这是中国由官方订颁的第一部学龄前教育和女子教育的法律，是根据被严修拳拳服膺为一代宗师的张之洞及张百熙等人的奏议而制定的。其内容如何呢？还是明文规定“女子只可于家庭教之。教以为女、为妇、为母之道”，就是说，女子不能进学校受教，而所谓教，也只是教会其如何在家从父、出嫁从夫、夫死从子，为封建纲常而服务。两相比较，严修比起他那些宗师来，不仅先走了一步，而且在办学内容上也有了更多、更大的突破。

1905年女塾改为严氏女学，分高等、初等两级，添设理化、史地、音乐等课，成为一所正规的女子小学。同年，又在其家中开办了一个相当于今日幼儿师范的保姆讲习所，这在全国是最早的。讲习所全面照搬日本经验，请来日本女教师大野铃子讲授保育法、音乐、钢琴、手工、体操、游戏等课程，先后入学学生有韩咏华（梅贻琦夫人）、张祝春（马千里夫人）、刘清扬等数十人。

严氏女学培养了第一批幼儿师资，与此同时，又开办了蒙养园（即幼儿园），由保姆讲习所学员实习教学。也打破了清政府关于蒙养教育与家庭合一或寓于寻常善举（如孤儿院）的规定，及同时期武昌、上海等地设立的蒙养院“重养不重教”的宗旨，成为具有正规意义的学龄前儿童教育之嚆矢。

资料来源：乔植璐《沽上艺文》

厦大易名之争

陈嘉庚先生于 20 世纪 20 年代初，创办厦大和集美学校，后因资力不继，乃于 1937 年将厦大移交政府接办，改为国立，使他得以专力维持集美。

1939 年秋，福建省政府主席陈仪决定将原独立办理的医学院、农学院连同新办的法学院合并为省立福建大学，企图在此基础上吞并国立厦门大学。1940 年 3 月初，教育部电令国立厦门大学应改称为国立福建大学。省立福建大学缓办，所筹办之法学院归并国立福建大学，农学院、医学院仍独立办学。

厦大各地校友会对此事力持异议，纷纷致电教育部和陈嘉庚先生。此时陈先生已率南侨慰问团自新加坡回国，3 月 26 日抵达重庆，在与行政院长孔祥熙、教育部部长陈立夫谈话证实此事后，陈认为这样一来，暂迁长汀的厦大于战后势必迁到省会福州，顿时气愤至极。3 月 31 日晚，他参加国民参议会举行的茶话会时，就公开提出质问：这种任意将厦大改名，摧残华侨创办的学校，怎不使华侨寒心，怎能不影响筹款和侨汇收入？陈立夫被质问得狼狈不堪，两天后亲访陈嘉庚，表示此事从此作罢，决不再提。4 月初，厦大萨本栋校长接到陈嘉庚自重庆来电云："校易名事，庚不赞同，已作罢议。"厦大易名之事，至此乃告烟消云散。

陈嘉庚先生离开重庆，到延安及全国各地慰问视察，11 月 9 日经龙岩抵达长汀，翌日在厦大礼堂用闽南话作长篇讲话，由秘书李铁民翻译成普通话。陈先生说了挫败当局要将厦大易名的经过："我还没死，谁敢这样做?"斯言未毕，厦大师生报以雷鸣般的掌声。

资料来源：莫凭栏《闽海过帆》(中华书局)

县长考试

1930年春季，浙江省办理第主属县长考试。经过两次笔试严格筛选之后，于5月初旬在梅花碑省府大礼堂举行口试。口试时，考试委员朱家骅、马寅初、张乃燕、雷震等成半环形坐在上首，每次传呼二人入试，一人面对考试官进行问答，一人坐在右边小桌上写作文。笔者参与这次口试，被传入后先在小桌旁准备写作，要求写禁赌布告六言韵文一篇，限十分钟完稿。这是一桩新鲜事儿，为每个应试者始料不及。笔者照办，按时交卷，随即与另一传入者互换位置，他去写作，我做问答。写作题材不一定相同，诸如禁赌、禁鸦片烟、禁械斗和照章纳税禁止偷漏之类；问答亦由考试官随意发问，有时事形势、政治经济要闻和个人党派履历之类。这种考试，其目的除测试应对写作能力外，似乎还考察应考者的形貌、言辞、举止。传闻朱家骅重视形象仪态，故当时应试者一般都西装革履，风度翩翩，以郑重其事。这次口试，应考者19人，最后张榜公布录取13人，6人被淘汰了。

资料来源：林泽《两浙轶事》

一元钱租金的金陵大学

1927年，国民政府在南京成立，规定外国教会学校一律要向中国政府立案登记。这在当时来说，也不过是官样文章，但美国教会在这一问题上却非常精明。金陵大学是美国基督会、南长老会、北长老会、美以美会和浸礼会五个教会联合出资筹办的，由美国教会在纽约的“托事部”管理。为了明确美国教会对金陵大学的“主权”，并在法律地位上维护金大这块“文化租界”的特殊地位，美国教会有关机构遂授意金大校董事会在向中国政府立案登记的同时，又由校董事会出面，与美国教会“托事部”订立契约，规定金大的所有地皮、房产设备等不动产，都是由“托事部”出租给金陵大学董事会的，每年租价为一元钱。这一元钱当然是象征性的，其作用无非是从法律程序上明确美国教会对金陵大学的主权。为了保住这块“文化租界”，美国教会方面可算是费尽心机。1937年，日寇内侵，金大准备西迁，美国方面遂命令将有关金大产权的各种契约文件，拍成照片百多张，洗印一式三份，其中一份由会计主任美国人毕律斯亲自寄往美国存档。另外，美国人还在经费来源等方面严格保持其对于金大的独占权。

在金大六十多年的历史上，始终保持“独资经营”的政策，严格限制中国政府插足。我在金大财会部门工作二十多年，在我的记忆中，只是在抗战时期，理学院院长魏学仁在重庆开办了一个电业机械系，“托事部”不肯给钱，曾接受过国民党政府的少量补助。1946年，正值战后困难时期，中国各教会大学都想向中国政府“借款”，美国“托事部”干事芳维廉即写信给各教会大学校长，坚决反对“借款”。当时金大校长陈裕光和金女院校长吴贻芳都收到过芳维廉的这封信。我在有关档案材料里看到1947年美国驻华大使馆文化联络官范朋克代表美国国务院拨给金大美金4000元的文件，很可能是在芳维廉否决了各大学校长的借款动议后，美国政府所采取的一个行动。从这里也可以看出美国政府、美国教会和教会学校之间的关系。

资料来源：谢湘《三吴风采》

张伯苓“训”学生

1934 年，第十八届华北运动会在天津召开。在这次运动会上，有日本、德国等国驻天津的领事出席。由于张伯苓在教育界享有崇高的威望，所以被推举为这次运动会的副会长兼总裁判长。入场式开始之后，随着运动员们的陆续进场，正对主席台的 400 多名南开学校的啦啦队队员们，在素有“海怪”之称的队长严仁颖的指挥下，突然用黑白色手旗打出“勿忘国耻”四个大字，前来观看比赛的 3 万多名观众顿时被南开学生大胆的爱国行动震惊了，立刻报以一阵紧似一阵狂风骤雨般的掌声。掌声未息，南开学校啦啦队队员们又一变手势，打出了“收复失地”四个大字，同时发出震耳欲聋的呼喊，观众们的情绪立刻高涨起来，纷纷起立为南开学生鼓掌。这一连串突如其来的事件，激怒了在主席台就座的日本驻天津最高长官梅津美治郎。他当即向张伯苓提出抗议，而张伯苓则非常冷静地应对说：“中国人在自己的国土上进行爱国活动，这是学生们的自由，外国人无权干涉。”

梅津美治郎见状，只好愤愤地退席并向天津地方当局抗议南开学生们的爱国行动。日本驻华使馆也向国民政府提出了所谓的抗议。结果，国民政府饬令南开对学生严加约束，严禁以后再发生类似的事情。

张伯苓表面应允，但是当他把严仁颖等学生领袖们找来时，第一句话说的就是：“你们讨厌！”第二句却说：“你们讨厌得好！”第三句话竟然是：“下回还这么讨厌！要更巧妙地讨厌！”

资料来源：侯杰、秦方《知识窗》

传 奇

白卷英雄：反潮流小将的末路与重生

20 世纪五六十年代出生的人，对黄帅和张铁生印象非常深刻，黄帅的《一个小学生的来信和日记摘抄》是当时学生都要学习的，记得最清楚的是打倒“五分加绵羊”口号。70 年代中期，上演了一部名叫《决裂》的电影，当时就是配合张铁生交白卷上大学的主题而拍。葛优的父亲葛存壮扮演的老教授讲“马尾巴的功能”最令人记忆犹新。这两位毫不相干的兄妹却有着相似的遭遇：他们当初都不知道自己“作品”的伟大之处，之后却被人看中利用，会一夜间成为惊世之作，会在全国教育界制造出那么大的动静，会让中国的教育事业濒临灭顶。

白卷先生

1973 年 7 月 19 日，《辽宁日报》头版头条以《一份发人深省的答卷》为题，刊登辽宁省兴城县白塔公社下乡知识青年、生产队长张铁生的一封信，张的信写在辽宁省大学入学考试的物理化学试卷背后。信中说：“本人自 1968 年下乡以来，始终热衷于农业生产，全力于自己的本职工作”，“说实话，对于那些多年来不务正业、逍遥浪荡的书呆子们，我是不服气的”，“希望各级领导在这次入考学生之中，能对我这个小队长加以考虑为盼！”语文考试的作文题是《学习〈为人民服务〉的体会》。考试全部开卷，允许翻书，张铁生的语文是 38 分，数学得 61 分，物理化学得 6 分，都未交白卷。

当年张铁生

中共辽宁省委书记毛远新得知这一情况后，将原信作了删改，指令《辽宁日报》发表，并在编者按中说：张铁生对“物理化学这门课的考试，似乎交了‘白卷’，然而对整个大学招生的路线，交了一份颇有见解、发人深省的答卷。”8 月 10 日《人民日报》转载了这封信，其后，《红旗》杂志等也纷纷转载，发表评论，说搞文化考试是“旧高考制度的复辟”，“资产阶级向无产阶级反扑”。张春桥说这是“反攻倒算”，江青称赞张铁生“真了不起，是个英雄，他敢反潮流”。

1973 年秋天，张铁生最终被铁岭农学院畜牧兽医系顺利录取，入学后被突击发展为中共党员。1975 年，张铁生当选为第四届人大常委会委员，并受到江青、王洪文亲自接见。1975 年 8 月，他升任铁岭农学院领导小组副组长、党委副书记。

反潮流小将

当年黄帅

北京海淀区中关村第一小学五年级学生黄帅和老师之间发生了严重的分歧，这从黄帅的日记中能看出，而且这位老师对待黄帅的方法也有待斟酌。在师生矛盾长时间难以化解，黄帅觉得自己受了委屈的情况下，她天真地给《北京日报》写了一封信，希望报社来人解决她和老师之间的矛盾。黄帅的信是10月21日写的，信中写道："我是红小兵，热爱党和毛主席，只不过把自己的心里话写在日记上，也表示了日记中是有缺点的，如个别用词不当影响了老师的尊严，可是近两个月老师一直抓住不放……但是，我没有被压服，一次又一次地提出意见。究竟我犯了啥严重错误？难道还要我们毛泽东时代的青少年再做旧教育制度的'师道尊严'奴役下的奴隶吗？"

1973年12月12日《北京日报》发表了《一个小学生的来信和日记摘抄》，并加长篇编者按语。根据姚文元的指示，《人民日报》12月28日全文转载了《一个小学生的来信和日记摘抄》和《北京日报》的编者按语，并再加编者按语说："黄帅敢于向修正主义教育路线的流毒开火，生动地反映出毛泽东思想哺育的新一代的革命精神面貌。""在批林整风运动中，我们要注意抓现实的两个阶级、两条路线、两种思想的斗争。"全国各地的中小学迅速掀起了"破师道尊严"，"批判修正主义教育路线回潮"的浪潮。很多地方树立了黄帅式的反潮流人物。

几天之内，黄帅就成了中国家喻户晓的"敢于反潮流的革命小闯将"。

黄帅在班上

黄帅留学回校

那么这两位当时叱咤风云的人物，昔日的风采和近况又如何呢？

先说说黄帅。“四人帮”被粉碎，黄帅也遭到了口诛笔伐。痛苦之中，她的父亲启示了她。父亲告诉她：“在这个世界上只有一个人可以使你倒下，这个人便是你自己；在这个世界上也只有一个人可以使你挺立，这个人还是你自己。”

父亲的话，让她明白，自己不能沉浸在痛苦中，必须走出重压。她开始刻苦读书。1979 年，她从北京大学附中高中毕业，以 320 分的成绩报考北京工业大学计算机科学系。由于众所周知的原因，未被录取。当时担任中宣部领导的胡耀邦曾说："黄帅考了320分，不录取，小孩子犯错误，能让她自己负责吗？有的同志就没有大眼光。黄帅如吸取教训，四五年后也可能了不得。一个人有正反两方面经验，就很了不起。"黄帅入学后，校团委副书记兼新生部团总支书记丁文健曾与她谈话，鼓励她不要有任何思想负担，要把自己看成和大家一样的普通学生。黄帅坦言，是在入了北工大后，她才慢慢地找回了普通人的正常生活。

1984年，黄帅从北工大毕业，获工学学士学位，被分配到北京市计算机技术研究所从事技术工作。那时曾发生过这样的一件事。有一位年轻的外地记者，坐了一夜火车专程到北京来采访黄帅。当时，他对黄帅说："我是你的同龄人，是抱着理解你的心情来采访你的。你拒绝理解是很伤人的。"黄帅虽然心中过意不去，但始终没有回答他提出的任何问题，包括可以回答的和难以回答的。黄帅后来说："长大以后，我一直惧怕记者，怕他们编故事，怕他们把简简单单的事情描绘得五彩缤纷的，让世人都花了眼。我被涂上的五颜六色怕是一生也洗不去。"

今天黄帅

1988年，黄帅自费赴日本留学。到日本的第一年，黄帅上午学习日语，每天早上精神饱满地去学校，逢人便说"早上好!"，下午在一家软件公司打工，公司的上上下下对她关怀备至。一年后，黄帅顺利考进了东京大学学院。

1993年初春，黄帅的毕业论文进展顺利。可偏偏就在答辩之前，黄帅在洗澡间滑倒，背部扭伤了。

黄帅咬紧了牙，完成了答辩。就这样，黄帅以东京大学研究生毕业了，获得硕士学位。

出国10年，黄帅在事业上取得了成功。然而，日本虽好，却非久恋之地。黄帅说："在日本岛上，我毕竟还是流下了太多的泪水，承受了漫长的孤独岁月。多少个夜晚，'安得如鸟有羽翅，托身白云还故乡'，成为我梦中的主题。我的这10年因为没有故乡、没有妈妈而空寂。我的这10年，因为有艰辛，也有艰辛中的奋斗而饱满。"

1998年，黄帅与教育部留学生主管部门联系，主动提出回国工作的要求，并表示想回到母校北工大。母校再一次向黄帅张开了温暖的怀抱。根据她的意愿，她被安排到校出版社任编辑。1999年3月1日，她正式到母校报到上班。考虑到她爱人还留在日本，父母又离得很远，3岁的儿子需要带在身边照料，学校专门在青年公寓给她安排了一间住房。后来，她又被聘为社长助理。2006年7月1日，人民出版社正式出版了黄帅写的《黄帅心语》。

张铁生出狱当老板

当官刚好一年——1976年10月，"四人帮"被粉碎之后，张铁生失去了靠山。11月18日，《山西日报》刊登了《二月里的反革命噪音》，拉开了对他揭批的序幕。

1983年3月，锦州市中级人民法院组成合议庭公审张铁生案件。他既没有委托辩护律师，又拒绝法院为他指定辩护人，在法庭辩论时称自己无非是一名不明真相的"小将"，在复杂的路线斗争中仅仅犯了属于应该宽容和予以谅解的"错误"。他对所定罪行不服，对15年徒刑、剥夺政治权利3年的判决也不服气。向上一级法院提出上诉后被驳回，维持原判。

据说，张铁生在监狱里度过了漫长的刑期。在狱中他由兽医改为钻研人医，曾在辽宁省凌源监狱卫生所担任医生兼护士，负责全狱2000多名犯人的医疗，从未出过差错。他刻苦好学，待人彬彬有礼，遵守狱规。又有人

今天张铁生

说，“小侯”是张铁生当知青时的未婚妻。张铁生上大学并发达之后，小侯心里没底。但张铁生大学3年，情书不断，并公开了他和小侯的关系，也斩断了一些姑娘对他的情意。张铁生入狱后，小侯家悔婚，小侯坚决不同意并从家里搬了出来。但张铁生给她写了最后一封信，告诉她不要等了。

后来，1991年10月，张铁生刑满获释。12月，他和沈阳农业大学讲师董礼平在兴城县结婚。

起先他找不到工作，经妻子在北京的同学帮忙，张铁生到鞍山市辽河饲料公司下属的某个工厂办公室当小职员。1992年秋，张铁生被派到沈阳创建办事处。1993年，张铁生和另外3人创办了饲料公司，有了自己的天地牌饲料。1995年他又与其他6人在辽宁沈阳共同组建了禾丰牧业股份有限公司，并出任公司监事长。由于在公司高层中他年龄最长，被其他领导尊称为“张大哥”，公司员工则称他为张老师。目前他所在的公司净资产超过亿元，是拥有34家子公司的大集团。公司生产的饲料和饲料加工设备目前已覆盖全国很多地区，并出口国外。据说他平时除了看书，就是修身养性。同为公司创始人的高俊松说：“他的文学素养极高，我是研究生毕业，论文学素养，尤其是古典文学素养还比不过他。”他高兴地说，现在他们办企业，已经和农民种地一样掌握了其中的规律了。

资料来源：《家庭生活报》、《扬州时报》等

南开之父临死不为南开接纳

中国著名教育家、中国奥运先驱张伯苓一生根基系于南开学校，从南开小学、中学、女中到南开大学，被称作“南开先生”。在世的75年中，他大部分时间为南开学校或喜或忧，殚精竭虑，从无保留。不过，在他最后的几年，却由于社会政治的原因（如1948年出任国民党政府的考试院长），

1929年南开师生欢迎张伯苓归国

使这位教育家添加了复杂成分，以至由喜而悲，进退维谷，处境尴尬，最终在南开校园视之如“瘟疫”，自感“一生事业全遭否定”的黯然心绪下抑郁而死。如此无奈的结局，乍看起来似属个人悲剧，面对波谲云诡的政治风云审时度势的功夫欠佳，一着不慎，满盘皆输矣。然倘若深入探究，悲剧也许就不只属于张伯苓个人……

拒绝出境后短暂在世

1949 年 11 月底重庆解放，在此暂住的张伯苓已经 74 岁，在新中国他只逗留了短短一年两个月又二十余天。其间，他先后两次中风，第一次在 1950 年 1 月的重庆，幸而经治疗恢复过来；第二次在 1951 年 2 月的天津，发病 9 天后去世。关于张氏这段最后岁月，现存的文字资料并不完整，其中令人质疑或相互矛盾之处颇不少。总的感觉是，张伯苓的处境不妙，其精神状态低迷不振，外界刺激接连不断，难以融入正在改天换地的新时代。

重庆易手前几天，蒋介石父子接连三次劝请张伯苓去台湾或美国，张谢绝了，留在大陆。张谢绝蒋氏的托词据说是“衰老多病，不利远道飞航”云云，以当时接触过张的南开校友观察，此时张确实“精神衰微，体力已竭，愿终老故乡。”显然身体因素不容忽视。不过，从他病逝前数月与部分南开校友在津聚会时称“咱南开到处有校友，北京有周恩来，在台湾还有吴国桢”的情形揣测，他选择留在大陆或许内心也有某种把握。素来善于做统战工作的周恩来恐怕不会轻易让老校长“沦落海外”，通过特定渠道捎话给张也未可知。不过，由于张伯苓留在大陆，这面南开的旗帜随之发生了政治性分裂，台海两侧的南开校友们明显地赋予他不同的政治色彩，以致在他身后竟有两份政治取向截然相反的“遗嘱”流传……

在 20 世纪 50 年代初期的新中国，张伯苓无疑得到早年学生周恩来的特别庇护，政治上没有像对旧政权军政要员那样进行清算。张氏夫妇搭乘飞机回到北京，在周恩来的安排下，暂住傅作义斋舍，在京逗留近半年之久。之所以如此，是周恩来考虑到张伯苓即时返津，可能会遭到激进学生的斗争。

1950年9月中旬张伯苓终于回到故乡，可是“城郭依旧，人面已非”。当时进步的南开师生对归来的老校长并不欢迎，态度冷淡，许多同学认为他是“战犯”，没按反革命分子去政府登记就已宽大他了。只有一批南开故旧在情感上给予他一些慰藉，尚存人间温情。他希望暑期到南开大学暂住一段时间，特意征求南开大学党支部意见，却未得到任何答复。不久，南开校庆来临，他早早准备前去参加有关活动，但南开中学不允许他进入，而南开大学也只安排他在相关活动中坐一般座席。从此，他变得沉默孤独，常常呆坐居室，以手击头，神情颓丧，叹息不已，自感平生工作全被否定……与他一生大部分时间“愈挫愈奋”、自强不息的虎虎生气相比，其晚境之凄凉无奈，令人扼腕。

大陆悼词三十年才公布

张伯苓逝世后，除天津报章刊出张家的“哀启”和由他人代笔起草的“张伯苓遗嘱”外，大陆新闻媒体一片寂然，无任何评论和深度报道。即使政务院总理周恩来亲临吊唁一事也未作公开披露，好像仅是一项个人活动。周恩来在审读张氏遗嘱时，从政治高度表示遗憾说：“可惜少了两句话，即张伯苓应表示悔过，向人民低头。”直到张伯苓逝世后44天，才由张的朋友和学生在南开女中礼堂举行了一个小型追悼会，致悼词者乃早先南开大学秘书长、张氏遗嘱（大陆版）代笔人黄钰生（字子坚）先生。这篇洋洋万余言的长篇悼文，新旧观念混杂，既有饱含深情的真知灼见，也不乏追随时代话语的笨拙努力，在当时的社会氛围里堪称一篇难得的用心良苦的纪念文字。其中写道：……张伯苓四十多年间为教育、为中国，辛辛苦苦，劳碌奔波，到处碰壁，失败了再起来，起来了又失败，愈失败愈奋斗，他是中国新教育的启蒙者，也是一代人师。他悲伤他是被新中国所扬弃的人，他悲伤在新社会里无有他的地位，他悲伤他不如他的老友颜惠庆，他悲伤他的一生的工作都被否定了，他悲伤他的一生心血所在的南开中学已经不认识他了，在校庆的那一天到礼堂里去坐一坐都得不到许可，他伤心极了……

张伯苓

悼文最后列举张伯苓读罢毛泽东《新民主主义论》等文后的感悟，特别申辩道：有人说，张伯苓没有形式地向人民低头，但是他向人民意志的代表毛主席低头了，如果天假以年，这位老人或者还要在新民主主义的旗帜下做一些有用的教育工作……

这篇悼文经过差不多30年后方公开发表。

此后，在南开大学的各院系便陆续展开了对张伯苓的批判，诸如“人格卑鄙”、“不学无术”、“公、能教育旨在升官发财，为蒋介石服务”、“其办学是搞改良主义”之类语词。诛心之论像污水一样一股脑泼向辞世不久的张伯苓。有的单位要求教师逐一表态，批判过程中出现不易理解的问题则派出工作组专门加以辅导。一些老教职员即使发出“不和谐之声”，也马上淹没在一片政治声讨的批判之中。1960年校方编印的《南开大学校史》更对张伯苓予以全面否定。

海外的高度评价

海外对于张伯苓逝世的反应和评价则是另一番情形。香港、台湾、美国等地报纸和通讯社反应迅速而强烈，《纽约时报》刊发专题文章，称颂南开校长张伯苓“是一个重要的教育家”。台湾各界举行公祭，蒋介石亲致祭文，党政元老几乎倾巢出席。在台的南开校友随后陆续编印有关纪念册、纪念文集、传记和专著，对张伯苓的办学功绩给予高度评价。当然，其中涉及政治的成分也颇不少。

台海两岸对张伯苓的认知趋于一致或接近，已是20世纪80年代的事情。两地南开人颇有“历尽劫波校友在，相逢一笑求共识”的感受。张伯苓不仅是南开的旗帜，也是中国近代教育领域一个颇为独特的成功者。而他的晚年经历，固然说明教育与政治之间攸关损益的微妙联系，也集中折射出当年政治对垒势若水火已无中间地带可言的严酷现实。

资料来源：《张伯苓纪念文集》（南开大学出版社）、梁吉生《允公允能，日新月异——南开大学校长张伯苓》（山东教育出版社）、赵光宸《张伯苓年谱》（台湾南京出版有限公司）

保定军校长自杀风波

蒋方震（字百里），中国近代著名军事理论家。早年留学德国，回国先后任保定陆军军官学校校长及代理陆军大学校长。蒋百里最重要的军事论著集《国防论》(1937 年初出版）中首次提出了抗日持久战的军事理论。扉页上，他写道：“千言万语化作一句话，中国是有办法的。”蒋百里一生致力于中国军事的现代化，年仅 30 岁就佩戴少将军衔，出任当时中国最高军事学府的掌门人。然而半年后，由于壮志难酬，心灰意冷，举枪自戕，在当时的政坛上掀起不小的风波。

获日本天皇佩刀　受德军统帅召见

蒋百里 1882 年 10 月 13 日出生在浙江省海宁县硖石镇。蒋家是当地头等大户，既有大量的地产商铺，又有丰富的藏书，还有价值不菲的文物。历史学家吴晗在其所著《江南藏书家传略》一书中，对蒋家藏书的价值评价颇高。

蒋百里少年时就表现出极高的天赋。他 4 岁开始识字，6 岁已能看小说野史，16 岁考中秀才。1899 年，福建侯官人方雨亭到蒋百里家乡任县令，上任伊始，发下“观风卷”，请当地学子作答。所谓“观风卷”，就是新任官员调查情况或寻找问题答案的试卷。方雨亭极为欣赏蒋百里的答卷，将其列为全县第一名，并奖励白银 30 两。1900 年春，方雨亭召见蒋百里，长谈后，认为他是一个不可多得的人才，劝他放弃科考，帮助蒋百里进入杭州求是书院（浙江大学前身）。入学后，蒋百里两次考试均列全校第一，学生们称他“硖石才子”。1901 年，方县令、林知府、陈监院 3 人共同出资，送蒋百里留学日本士官学校。

1911 年蒋百里在德国柏林

在日本士官学校，蒋百里和蒋尊簋、张孝准三人成绩突出，被日本学员称作“中国三杰”。蒋百里和蒋尊簋二人均来自浙江，一个学步兵，一个学骑兵。章太炎对二人十分赏识，曾对人说：“浙之二将，倾国倾城。”1905 年，蒋百里以全校第一名的成绩毕业。按照日方规定，全校第一的学员，日本天皇亲赐佩刀，这是个极大的荣誉。这一事为中国人津津乐道，也震动了全日本。此后，为防止外国学员再夺第一，校方决定，日本学员与外国学员分开编班，分开列成绩。

1902 年，蒋百里当选为中国留日学生大会干事，并组织“浙江同乡会”，又于 1903 年 2 月创办杂志《浙江潮》月刊，每期约 8 万字，行销国内。鲁迅的第一批作品《斯巴达之魂》等即发表于《浙江潮》。身处上海狱中的章太炎先生的诗文也在该刊登载。

1906 年初，蒋百里回国。浙江巡抚请他出任新军第二标标统，盛京将军请他去主持训练新军。蒋百里认为，东北处国防前线，在那里培养新式军队意义重大，决定去那里工作，职务是东北新军训练公所总参议，即总参谋长。上任 3 个月后，清廷决定选数名年轻有为的军官去德国学习，蒋百里被选中。1906 年 9 月，蒋百里再次出国。在德国，他的实际职位是德军第七军的一位实习连长，该军当时驻扎在柏林郊区小镇伊堡斯瓦德，军长是马金生上将。学习期间，蒋百里的军事才能得到德国同行钦佩。德军最高统帅兴登堡元帅召见他并与之长谈，合影留念。送别时，兴登堡拍着蒋百里的肩说：“从前，拿破仑说过，若干年后，东方必出一位伟大的将才，这或许就应在你的身上吧！”

1910年秋，蒋百里回国。他决心用自己所学的知识，为国防和军队建设做出贡献。

三十岁执掌最高军校　亲赠学员《中国武士道》

蒋百里回国不久，辛亥革命爆发。南京临时政府在筹组过程中，对蒋百里十分熟悉的云南都督蔡锷致电孙中山、黄兴，建议委任蒋百里为参谋总长：“蒋方震君留学东西洋十余年，品行、学术、经验、资望为东西洋留学生之冠，亟应罗致，以餍海内之望。”由于各种原因，此事最终未成。

南京临时政府成立不久，孙中山就让位给袁世凯。清末任陆军部尚书的荫昌曾留学德国，袁世凯当上大总统后，他又任总统府高等顾问、侍从武官长。他向袁世凯建议，让蒋百里出任保定军校校长。袁世凯虽然没有和蒋百里谋过面，但他对曾在海外学过军事的留学生一直很关注，便准了此事，并授予蒋百里少将军衔。蒋百里到校的时间是1912年12月17日。

保定陆军军官学校是中国近代军事教育史上成立最早、规模最大、设施最完备、学制最正规的一所军事学府。清末民初，全国各省设军事小学；相邻数省设1所军事中学，全国共设4所；最高军事学府设于保定，直属陆军部。只有陆军小学毕业后，才能报考陆军中学；只有陆军中学毕业后，才能报考保定军校。

长期做学员的蒋百里，对官场的认识自然不会很深刻。到校第一天，在给全校师生训话时，他就绝了自己的后路。他是一个十分认真的人，说话算数，应该说后来发生自杀悲剧，与他这次训话不无关系。他说：“今日之谈陆军者，不曰德国，即曰日本。这两国我皆到过，其军队我皆深入考察过。他们的人也不是三头六臂，他们的办法，也没有什么玄妙出奇。不过他们能本着爱国精神，上下一心，不断地努力，所以能有这样的成就。我相信我们的智慧能力，我不相信国家终于贫弱，我们的军队终不如人。我此次奉命来掌本校，一定要使本校成为最完整之军校，使在学诸君成为最优秀的军官。将来治军，能训练出最精锐良好之军队。我当献身这一任务，实践斯言！万一不效，当自戕以谢天下！”

保定军校成立后，第一任校长是赵理泰，是当时陆军总长段祺瑞的走卒，一个尸位素餐的官僚，有大烟瘾，形象非常猥琐。平时赵很少来学校，偶然到学校摆摆样子，却又带着大批马弁前呼后拥。由于校务无人负责，校园里长满深可没胫的荆棘杂草，炮队没有炮，马队没有马。1912 年 12 月，全体学员向陆军部请愿，要求撤换校长。

蒋百里到校后，对人事进行整顿。他聘请日本士官学校毕业生张耀亭任教育长，炮兵科长谭学夔、步兵科长邱志龙、骑兵科长邹志权以及一批教官都是当时学成归国的青年才俊。

其次，大力整顿军容风纪。蒋百里要求师生必须清洁和严肃，他认为这是一个国家文野盛衰的标志之一。不清洁象征民族的衰老，不严肃象征国民的散漫。他到任后的第一件事是请西装裁缝量好全体学员的身材，每人做一套新军服，皮鞋、马靴也都换上新的。他对学员的仪表非常重视，凡有帽子未戴正、纽扣未扣好、皮带未扎紧的，必令其止步，亲自替他们纠正。他自己也是黄呢军服，外加红缎子披风，腰挂长柄指挥刀，马靴亮闪闪，十分威风。

再次，改革教学内容。蒋百里非常重视外语和战术这两门课，遇有教官请假，就亲自登台授课。蒋在海外留学近 10 年，对中外军官知识和眼界上的差距，感触颇深。他曾说，国外的军官对世界上的事知道很多，与别国开仗，对敌对国家的人文、历史、地理、军事都有所了解，应对起来就有针对性。相反，中国军官熟悉外国情况的人很少，多数人对世界事物一片茫然，因此，应该加强外语教学。蒋百里自己熟练掌握日、德、英、法四种语言，这为他洞察世界军事变化提供了极大的便利。他的单兵动作和战术素养出类拔萃，他认为，这是做一名优秀军官的基本功。

最后，下大力气搞精神教育。每逢星期六，蒋百里必集合全体教官和学员举行讲演会，讲述中外古今军事名人的言行，用以激励大家励志成才。他自己签名赠送学员每人一册梁启超著的《中国武士道》，内容都是军人忠于国家和忠于职守的嘉言懿行。为了能和学员打成一片，他每天去食堂和学员共同进餐。为了融洽感情，学校还定期举行会餐。

在他的治理下，保定军校展现出生机。许多学员，如唐生智、陈铭枢、孙震、万耀煌等人，终生以做蒋百里弟子为荣。

训话毕拔枪自杀　勤务兵奋力夺枪

蒋百里

蒋百里大力改造保定军校，以段祺瑞为首的旧派军人对此极为仇视，他们设置种种障碍，千方百计阻止蒋百里计划的实施。最残忍的手段就是不给学校拨款。学校多次函电催要，不给答复；蒋百里亲自进京交涉，亦没有结果；致电袁世凯要求辞职，袁世凯又不批准。

他的勤务兵史福对蒋百里自杀前那天夜里的情况做了如下记述：“校长由京里回来的那天，是民国二年（1913 年）6 月 17 日，距离接事时整整半年。他平日性情很温和，可是那天的脸色非常难看，我不敢向他问长问短。晚上他叫我磨墨，磨好了挥手叫我出去，随手把门闩上，但并未熄灯就寝。我疑心会有什么事情发生。就从门缝张望，看见他一边喝啤酒，一面写信，我既不便走开，又不敢叩门，就靠着门框打盹，一直等到凌晨，他叫我传话号兵吹集合号。”

6 月 18 日早晨 5 点，全校教职员及学员 2000 多人齐集尚武堂前听校长紧急训话。蒋百里用低沉的语调说：“我初到本校时，曾经教导你们，我要你们做的事，你们必须办到。你们希望我做的事，我也必须办到。你们办不

保定军校广场

到，我要责罚你们。我办不到，我也要责罚我自己。现在看来，你们一切都还好，没有对不起我的事。我自己却不能尽校长的职责，是我对不起你们……你们不要动，要鼓起勇气来担当中国未来的大任！”说到此，从腰间拔出手枪。勤务兵李如意见情况不好，冲上去奋力夺枪，枪口一歪，子弹由肋骨间射入。听到枪响，全场的人都惊呆了：校长自杀了。

枪声过后，前排的学员冲上去，将蒋百里抬进校长室，让他平卧在床上。教育长张耀亭火速将此事报告给总统府顾问孙江东，孙报告给袁世凯机要秘书陈忠恕（蒋百里在杭州求是书院时的监院和他留学日本的保荐人之一），陈急如星火地报告给袁世凯。袁世凯对陈说：“你快打电话给交通总长曹汝霖，叫他到日本公使馆，请他们派一名最好的外科医生到保定去，看他还有救否。”一刻钟后，送日本医生到保定的专车就在前门车站出发了。袁世凯又下了两道命令，一道令学校教育长张耀亭暂代校长，一道令总统府侍从武官长荫昌带人到保定去调查真相。第二天早晨，陆军总长段祺瑞到总统府向袁世凯报告说，经陆军部调查，蒋校长自杀另有原因，不关陆军部的事。袁世凯听后说："你陆军部莫管这件事，你莫听手下人的话！"段祺瑞十分难堪。

蒋百里自杀前分别给母亲、学校教育长张耀亭和好友蔡锷留了遗书。给母亲的信中说："为国尽忠，虽死无关重要，然于陆军及民国前途有益。遗币二百，薄田数亩，聊供赡养。"给张耀亭的信中说："仆之殉职，为国家故，虽轻若鸿毛，而与军人风气有关。乞告老母，不可悲伤。总长处，请告以军事非至善之目的不能成功，徒以彼善于此之言，聊以自慰，则军事永无振兴之日。"对段祺瑞的不满溢于言表。给蔡锷的信今天已不能看到。

蒋百里自杀和他的遗书公布后，在社会上掀起了轩然大波。云南都督蔡锷首先发炮，通电全国，要求政府彻查此事，追究责任。湖南名流熊希龄表示："此案如不水落石出，誓不罢休。"国会对政府极为不满，提出责难。各团体慰问蒋百里的电报多如雪片，要求查清事情真相的电报络绎不绝。保定军校的学员，按省籍每省推举一人，组成请愿团开赴北京。为了怕事态扩大，袁世凯派参谋部次长陈宧带重礼到保定安抚慰问。

日本看护生情　佐藤改名左梅

蒋百里自杀时，由于勤务兵上前夺枪，子弹打偏，没有伤到心脏，只是擦伤了肺的表面。虽然腹腔中积了许多血，但没有生命危险。经过3个月调养，身体慢慢恢复了。

日本大使馆选派军医前往保定抢救蒋时，随医护士佐藤屋登也到了保定。蒋百里伤势好转后，日本军医要回北京，经学生代表要求，留下佐藤护士继续护理。佐藤敬佩蒋百里的血气方刚，又担心他往后还会抑制不了激情的冲动，就对蒋百里说："忍是大勇者之所为。自杀不是勇敢而是逃避人生责任。人生责任应以大无畏的精神，冲破一切难关，以求实现其伟大理想。如果不能忍耐，将来如何能够成大功立大业？如果有热血、有志气的好男儿轻言牺牲，国事尚有何人来承担，如何对得起国家和培养人才的老前辈？”这娓娓之言，如雷电一击，又如醍醐灌顶，使蒋百里顿时大悟。从此，他才开始注意这位温婉刚毅的异国女子，以至娶为第二任妻。结婚以后，蒋百里取佐藤姓中的“左”字为姓，又以自己平生最爱的梅为名，给新婚的日本夫人起了一个中国名字：左梅。

在20多年的共同生活中，左梅与蒋百里一起生育了5个女儿，长女早夭，二女、四女现居国外，五女在国内。三女名蒋瑛，学习音乐，为科学家钱学森夫人。左梅女士晚年随三女和五女定居北京。

蒋百里此次自杀的缘由众说纷纭，有的说是愤于军校学风浮躁，有的说是向陆军部请求拨款未果，也有的说是对中国当时军界、政界之绝望。不论何种说法，都只能部分成立。蒋百里自杀，最大的原因是他的骄傲。自杀者往往是最骄傲者，懦夫不敢也不配自杀。蒋百里自杀，虽然暴露了政府和军界的黑暗，但段祺瑞是袁世凯的心腹干将，追随他多年，袁世凯当然不会为蒋百里而处置段祺瑞。但为了不使这两个矛盾很深的人再发生龃龉，袁世凯将蒋百里调到总统府任一等参议，实际上是个闲职。从此，蒋百里离开了保定军校。

1917年，蒋百里任黎元洪总统府顾问。1919年五四运动爆发时，蒋百里正与梁启超等一起去欧洲考察。次年春回国，梁启超深感于欧洲的文艺复兴，决心放弃政治生涯，全力从事新文化运动，蒋百里积极参与，成了梁氏最得力的助手，号称“智囊”。1923年蒋百里同胡适组织新月社。1925年任吴佩孚部总参谋长。1933年赴日考察，认为中日大战不可避免，拟订多种国防计划，呼吁国民政府备战。1935年，任军事委员会高等顾问。1936年赴欧美考察，回国后倡议发展空军。1937年9月，他以蒋介石特使身份出访意、德等国，回国后发表《日本人》及《抗战基本观念》，断定日本必败，中国必胜。1938年8月代理陆军大学校长。

蒋百里与左梅及孩子

附：保定军校

保定陆军军官学校简称保定军校，是中国近代史上第一所正规陆军军校，前身为清朝北洋速成武备学堂和北洋陆军的陆军速成学堂、陆军军官学堂。民国后的1912年至1923年期间，保定军校办过九期，毕业生有6000余人，当中不少人后来成为黄埔军校教官。若从前清时初办学算起，保定训练了接近1万名军官，当中超过1600人获得将军的头衔。

保定军校的主要功能为训练初级军官。学习期为两年，分步、骑、炮、工、辎重五科，学制章程参照日本陆军士官学校，教官亦以日本陆军士官学校毕业者居多。保定军校先后任职共八位校长，其中第二任校长为蒋方震（字百里）。

军校广场

资料来源：覃炳岸《历史名人在河池》

牛津逃亡者栖身剑桥镇

1209年，英格兰中南部的牛津小城发生了持续性的悲剧事件——

牛津大学的一名学生在练习射箭时误杀了镇上的一名妇女。这意外事件随即酿成了牛津学生与居民之间的一场流血冲突。愤怒的居民把牛津大学的数名教授和学生抓起来，进行严刑拷打，其中有3名学生被残忍地吊死。

事件发生后，牛津大学便以全校停课的方式来抗议居民的暴行，同时要求牛津地方当局惩办凶手，以还牛津大学一个公道。然而当局生怕事件闹大，不敢罪责居民，令师生甚为失望。当局的软弱助长了居民的嚣张气焰，情绪激动的居民不但誓不交出凶手，反而窜到大学见人就抓，抓人便打。

为了躲避凶险，牛津大学的师生怀着对牛津当局的失望心情，纷纷收拾行装，逃离牛津，其中有大约12名学者来到位于一片辽阔的沼泽地边缘的剑桥镇安顿下来。

剑桥是英国人祖先前往韦塞尔克斯狩猎的重要渡口。公元之初，罗马人入侵不列颠，在剑河两岸安营扎寨，筑路架桥，遂成小镇。11世纪中叶，不列颠被诺曼底人征服，剑桥开始呈现发展迹象。12世纪时，圣芳济修士、黑袍修士和卡莫修士来到这里定居，兴土木，建教堂，传播宗教文化，剑桥镇渐成规模。

其实，英国早期的编年史对剑桥这个地名的提法都不一样。大约在730年，剑桥的英文名是Grantacaestir；745年这里称Grontricc。在875年的盎格鲁-撒克逊编年史中，人们发现剑桥地名写成了Grantebrycge。据说，这是将河名与桥连成一个单词使用的首例。在此后的岁月里，该地名曾出现过至少

3 种不同的拼法，直到伊丽莎白时期，才有了现在的拼法，即 Cambridge（剑桥），这个名称也被正式确定下来。

尽管剑桥名称历来存有争议，但有一点是可以肯定的，即它与流经该地区的剑河（Cam）有关。剑河在英国最早的历史中叫“格兰特”（Grant）或“格兰塔”（Granta）。在 13 世纪的剑河上有约 11 座古朴而别致的桥梁横跨两岸，形成独特的剑河风光。而现在“格兰塔”已被认为是剑河的一条支流。

剑桥镇随着 12 世纪传教士的闯入而发生深刻变化，寺院文化和商业气息逐渐浓郁。13 世纪初，英王约翰特许每年 8 月和 9 月在剑桥镇东的斯多尔桥举办集市。这个集市的规模在当时英格兰无出其右，只是随着时光的流逝现在已很难找到昔日车水马龙的印迹了。

从牛津逃出的学者来到剑桥后，发现原来这里的 3 所寺院已驻有一些学者。这些学者是依据当时在法国和意大利一些早期中世纪大学采用的教学模式进行教学活动的。剑桥教区对教育的热情使牛津学者们找到了他们理想的出口。这些学者大部分很快与寺院学者融合为一体，他们成为日后成立的剑桥大学的第一批基础教员。

资料来源：章晓明《剑桥大学的故事》

鲁迅恋过北大校花吗

马珏

在20世纪30年代全国最高学府北京大学有位校花，名叫马珏，人长得高挑又漂亮。

马珏是浙江鄞县人，父亲是北大教授马裕藻（幼渔），母亲陈德馨。1903年父母双双考取官费留学日本，父亲在日本帝国大学和早稻田大学就读，母亲进日本目白女子大学学博物，经过7年苦读，一起毕业。1910年马珏出生于东京，在日本期间马裕藻曾与鲁迅等人一起听章太炎讲文字音韵学。1911年马裕藻回国后，担任浙江教育司视学。1913年至1915年任北京大学教授、研究所国学门导师，讲授文字音韵学。1921年任北大国文系主任，1920年8月6日，《鲁迅日记》记载："晚马幼渔来送大学聘书。"这是两人共事于北大之始。

"倒马拥周"

北大不像有的教会学校公开选举"校花"，但实际上全校男同学都把马珏看作是北大的校花，备受大家的爱戴。以后又有另一位女同学周某容貌与风度也很突出，同样得到一部分男同学的拥护，并很想为她去摘取马珏的校花桂冠。经过一段时间的酝酿，终于有一天，不知是谁在教室的黑板上用粉笔大书"倒马拥周"四个大字，一直没有擦掉。

可巧那天正是马裕藻先生上课，他一进教室就看到黑板上的四个大字，他误会是中文系学生要倒他的系主任职务，拥周作人来任系主任。其实当时周作人担任北大外文系日文组主任，而且他与鲁迅和马的私交很好，根本不可能来中文系取而代之。但当时他倒是相信了，他放下讲义，一面看着黑板上的四个大字，一面盛赞周作人的道德、学识，表示自己也非常钦佩。听课的学生相视而笑，知道他对这四个字发生误解，但也不好解释。课后可能有人对马作了说明，以后马先生再也没提此事。

马珏后来因为结婚，没等毕业就离开学校，但那位周姓女同学始终也没成为北大的校花。

53 次往来信件

马珏晚年在《女儿当自强》一文中，这么回忆着：“鲁迅先生一度在北大任教，与我父亲是同事，他们性格相投，过从甚密。鲁迅先生经常来我家做客，与父亲一谈就是半天。”

在 1925 年间，年仅 15 岁的马珏写下了《初次见鲁迅先生》一文，刊登于 1926 年 3 月的《孔德学校旬刊》上，那是马珏所就读的学校刊物。马珏晚年回忆道：“不久，鲁迅先生来孔德学校，读到那期《孔德旬刊》，我没想到，先生看到我那篇小文章后，十分高兴。他夸我写得好，说我写的都是实话。后来先生把它收进了他亲自编选的《鲁迅著作及其他》一书中。他还送书给我。过了几天，父亲还带我去八道湾鲁迅家去玩。从那时起，鲁迅先生到我家，常问起我；如果我在，便和我说几句话。我们还多次通信。根据《鲁迅日记》的记载，我向鲁迅先生请教的信和鲁迅先生的回信自 1926 年元月 3 日至 1932 年 12 月 15 日，通信持续六七年之久。1926 年元月 3 日鲁迅先生在日记中写道：‘夜，得马珏小姐信。’这封信是我对元月一日先生寄赠《痴华鬘》一书的道谢信，信中也表达了对先生敬慕和渴望指教的热烈愿望。鲁迅先生总是循循善诱，诲人不倦。他几乎每信都回。非常令人痛惜的是我珍藏的那些鲁迅的亲笔信，在 30 年代初白色恐怖中被烧毁了。”

今查《鲁迅日记》中记有马珏者，共有53次之多，其中马珏给鲁迅信有28封，而鲁迅回信有13封，另有送书。

马珏大约在1926年给鲁迅写信，如实地把学农的志愿告诉了他。复信接到也很快。鲁迅先生在信中热情支持和鼓励道：“女孩子学农的不多，你想学，我赞成。”

马珏

1928年春，马珏考入北京大学预科，1930年转入政治系本科。对于她后来上政治系，完全因为父亲的关系，父亲让她上政治系及二妹马琰上法律系，是他认为“中国妇女地位最低，你们出来要为争取女权做些事情”。父亲还对马珏说：“你出来可以当公使。过去当公使的都是男的，他们带夫人出国。你开个头，由女的当公使，你带丈夫去赴任嘛。”又对三女马琰说：

“你可学习法律，将来就是离婚，也可以保护自己的权益。”

1929年5月17日，鲁迅从北平给上海的许广平写信说：“今天下午我访了未名社一趟，又去看幼渔，他未回，马珏因病进了医院许多日子了。”到了5月29日，他给许广平的信又提到：“晚上是在幼渔家里吃饭，马珏还在生病，未见，病也不轻，但据说可以没有危险。”鲁迅对马珏是十分关爱的，马珏后来才读到《两地书》的这些文字，她表示十分感动。马珏还说，“鲁迅先生在百忙之中还为我起了个号，后来觉得字过于生僻，就通过父亲转告我，可写成大家都认识的‘仲服’。称仲，是因为我排行第二。”

1932年11月13日鲁迅从上海返回北京探视母病，马氏父女曾来看他，鲁迅铭感之，他在11月20日给许广平的信中就说：“这种老朋友的态度，在上海势利之邦是看不见的。”

鲁迅的谨慎

1933年3月13日鲁迅在上海“得幼渔告其女珏结婚柬”。马珏嫁给天津海关职员杨观保，在当时又是一件盛事，《北洋画报》还刊登了他们的结婚照。据说杨观保与马珏相识已久，他对马珏颇为忠实，每星期返北平一次。经过长期交往，终获佳人芳心。但又有一说，指杨君能赢得美人归是疑有天助者，即此时有谣言发生，马珏不堪同学之讥笑，于是毅然与杨君结婚，当时马珏都还没有毕业。

十几天后，鲁迅在给台静农的信中说：“今日寄上《萧伯纳在上海》六本，请分送霁（李霁野）、常（常惠）、魏（魏建功）、沈（沈观，沈兼士的儿子），还有一本，那时是拟送马珏的，此刻才想到她已结婚，别人常去送书，似乎不太好，由兄自由处置送给别人罢。《一天的工作》不久可以出版，当仍寄六本，办法同上，但一本则仍送马小姐，因为那上本是已经送给了她的。倘住址不明，我想，可以托幼渔先生转交。”

对于马珏的结婚，鲁迅不再送书给她的事，李霁野也说：“一次送书给我们时，他托我们代送一本给她，我谈到她已经结婚了，先生随即认真地说，那就不必再送了。”李霁野说他当时认为鲁迅太过于小心了。而后来他知道因周作人的夫人羽太信子污蔑鲁迅对她无礼，而导致兄弟失和的创伤之巨，才使鲁迅显示出过度的“防范意识”。但这种解释还是过于牵强，我们从整体观之，鲁迅是喜欢马珏的，由于她的外貌加上她的聪慧，但更多的是父辈的关爱，而非男女之情。尤其在认识马珏前后，许广平也进入了他的视野，而且两人由师生关系逐渐发展为恋爱关系，这其中鲁迅考虑很多，甚至都犹豫过。马珏是好友马裕藻的女儿，设若鲁迅对其有意，那不是更要遭受世人异样的眼光吗？但“美好记忆的憧憬”存在鲁迅的心中，因此一旦它突然失落，是会有点恍然若失的感觉，这或许是他不再送书或写信的原因吧。

马珏后来在上海儿童图书馆工作，终其一生，默默无名。她在北大90周年时说：对比她的同学朱穆之、邓广铭、杨周翰这些人，“他们现在都是国家栋梁，而我一无所就，实在惭愧”，这“实在惭愧”四字背后，她还能告诉我们什么呢？

资料来源：郭汾阳《女界旧踪》、俞芳等《我记忆中的鲁迅先生：女性笔下的鲁迅》、严薇青《北大忆旧》

毛泽东原始“学籍档案”发现始末

展现在读者眼前的是一件毛泽东青年时期在省城长沙求学读书的原始“学籍档案”：《湖南省立第一师范学校职员学生一览表》。该档案形成于民国四年八月（1915 年 8 月），至今已有九十多年。《湖南省立第一师范学校职员学生一览表》为右侧线装、从右至左表格式竖排。长 26 厘米，宽 15.5 厘米；对折式双面印刷，每页 22 行，连封面封底在内共 28 页；纸张已发黄，四边稍有磨损；封面上部左沿有锯齿状破损，下部中间位置有长约 10 厘米的不规则通底裂缝，右侧靠装订线处中下方有“胡临川”三个毛笔书写的大字；所有文字均为繁体，字迹清晰，保存完好，确是一册十分罕见的原始学籍档案。这份珍贵的档案目前保存在湖南省芷江侗族自治县档案馆内。事实上，它已在县档案馆“沉睡”了 56 年之久却从未被发现，直到 2006 年底才重见天日。那么它是如何被发掘出来的呢？

一次意外的重大发现

按照省市档案行政主管部门的要求，湖南省芷江侗族自治县档案馆 2007 年要编写出版《档案馆指南》，要想编写好《档案馆指南》，就必须要将馆藏档案资料的主要内容、主要特色及馆藏珍品反映出来，告知广大使用者。笔者有幸承担了这项光荣任务，当笔者在校改到《档案馆指南》的馆藏资料篇时，感觉到初稿未能全面展示本馆数千卷（件）民国档案资料的内涵与特色，决意再进库房详查一次。当翻阅到民国资料教育类第八十三卷时，卷壳封面上的内容摘要第五项写着：“省师范职员学生一览表施行细则”，随即翻看里面的卷内目录，在第七号文件标题栏里赫然写着：“湖南省立第一师范学校职员学生一览表”，文件形成日期为“1915 年 8 月”。笔者的心为之一动，猛然间想起了开国领袖毛主席青年时期曾在湖南一师读过书，抱着一丝紧张，有点迫不及待地翻阅着，当翻到封面上印有《湖南省立第一师范学校职员学生一览表　民国四年八月》这本小册子，又在教职员工花名册中找到了“徐特立”、“方维夏”的名字时，笔者已经有了五分惊喜，企盼、兴奋的心情不言而喻。继续耐心细致地在学生名册中一页页、一行行、一字字地查看着，一直翻到第九页“二级三班”时，终于在第十一行的学生名单中看到了“毛泽东、润之、二一、湘潭、清宁镇韶山、百九十里、湘潭银田市长庆和号”等一溜大字。笔者前前后后、上上下下、里里外外地将《湖南省立第一师范学校职员学生一览表》一连看了三遍方才确认无疑：这就是毛主席本人在长沙求学读书时的原始“学籍档案”。

毛主席在湖南一师二年级三班读书时的名字就叫毛泽东，21 岁，家住湘潭县清宁镇韶山冲，与一师的距离有 190 里，通信地址是湘潭县银田市（“市”应为集市之意）长庆和号。而封面上留下的“胡临川”三个毛笔字，笔者分析应为该册学籍档案的原始拥有者留下的姓名。随后在学生一览表第十二页的二年级五班第九行得到了印证：胡临川，别甫“登瀛”，年龄 22 岁，籍贯住址为芷江县西乡便水智字团温乐，距离学校 1400 里，通信联系处为芷江县城北街胡氏祠堂。很显然，档案应该是芷江籍学生胡临川从湖南一师毕业后带回芷江的。但胡临川回到芷江后，却没有人知道他的具体情况，遍查芷江相关史料，均无结果。

那么该件“一览表”又是如何进人到芷江县档案馆保管至今才被发现呢？笔者经过调查走访后认为：胡临川本人或其后人曾在国民党政府基层组织或教育界任过职，也可能是地方上有钱有势的地主士绅，他们家族或家庭的所有财产包括书刊报纸在内，都在芷江解放时被没收归公了。县档案馆成立后，这些书刊报纸也就被当成国民党资料移交到了档案馆，土地房屋财产就分给了贫苦农民。而当时负责接收整理这批档案资料的县档案馆工作人员文化水平不高，以前从未接触过档案，经过简单的速成培训后就上了岗，对什么是“档案”，什么是“资料”分得不是很清楚，更不知道什么是珍贵档案。只能看封面标题或落款单位，将接收进馆的档案资料按机构名称来分类，没有人去细看其中内容，研究其价值。因而将该件“一览表”当成民国教育资料混装成卷后编个号，放入库房，也就不足为奇了。

档案中的主要内容

《湖南省立第一师范学校职员学生一览表》中的第一页第一行为“湖南省立第一师范学校职员一览表”，第二行为“职员一”。在“职员一”的花名册设定表格中，第一行为“职掌（即职务）、姓名、别甫（即旧时文人的字、号）、籍贯、住址、通问处（即通信、问询地址）”；第二行开始依次为“校长、学监、庶务、校医、书记”等13名行政管理人员的个人信息表。第15行为“职员二”，实际上是教学第一线的任课教员花名册，至第三页止，共有46名教师榜上有名，他们分别担任“修身、教育兼实习、心理、国文、博物、物理、经济、图画、乐歌、体操”等21门课程的教学任务。毛主席最敬重的老师徐特立（老一辈无产阶级革命家、教育家；1913年始任一师教员，20年代中期创办“湖南省立第一女子师范”并任校长；大革命失败后加入中国共产党，参加了南昌起义；1930年任中华苏维埃中央政府教育部长，1934年参加长征，历任八路军高级参议、驻湘代表、延安自然科学院院长、中共中央宣传部副部长、中央人民政府委员、全国人大常委、第七届中央委员等职）当年在一师担任的是“教育兼实习”课程教员。在一师教员中还有早期马克思主义者、革命活动家方维夏（在日本农业大学读书时参加同盟会，1912年回国后曾任湖南省教育会长，民国10年3月创办《湖南教育杂志》并致“发刊词”；后连续在该刊上发表《社会主义思想之渊源及其发达》等文章，1925年加入中国共产党，1931年后历任闽西红军军事学校政治部主任，中华苏维埃中央政府总务厅长，湘赣省苏维埃政府部长，1936年光荣牺牲），时任一师“农业博物”课程教员。

紧接教员花名册后另起一页的第一行为“湖南省立第一师范学校学生一览表”，第二行为当年该校学生最高年级“四级一班”，第三行为“姓名、别甫、籍贯、住址、距校（即距离学校的路程）。“通问处”的设定表格内容，与教职员花名册的设定表格内容相比，学生花名册少了“职掌”一栏，多了“年龄”和“距校”两栏；第四行开始为该班学生花名册；共有4个年级11班474名学生的花名册，加上13名学校行管人员和46名教师，全校当时实有师生533人。不知何故，在“学生一览表”中没有三年级的设置与学生名册。这是该件原始档案的一个不解之谜，有待继续考证与研究。

毛泽东在湖南一师的经历

湖南一师创办于清光绪二十八年（1902年），初名“城南师范馆”，随后改为“湖南省师范学堂”，1904年更名为“官立中路师范学堂”，1912年始改现名“湖南省立第一师范学校”，以“湖南亚高学府”而驰名全国。1914年，19岁的毛泽东带着一只皮箱、一把雨伞，只身来到这里求学受教，探寻救国救民的真谛。4年寒窗苦读毕业后，毛泽东留校担任了一师附属小学的主事（相当于校长）。在此期间，毛泽东接触并接受了早期马克思主义、社会主义、共产主义的伟大理论，并开始了一系列的实践活动。毛泽东在徐特立、方维夏等开明教师支持下，以一师为基地，先后在长沙进行组建社团、创办刊物、成立工人夜校、酝酿建党、领导罢工等早期革命活动长达10年之久，直至1923年4月调任中共中央委员、中央局秘书后才正式离开长沙。

在长沙期间，风华正茂的毛泽东常常激扬文字、指点江山，有改天换地的博大胸怀，急需寻觅志同道合的有志青年，以抒发豪情，共谋大事。1915年秋，已是湖南一师二年级三班学生的毛泽东突发奇想，在校刊上以“二十八画生”（繁体的毛泽东三字共二十八笔）的笔名公开征友，迅即得到了同班同学周世钊、罗学瓒，二年级一班同学张昆弟、一年级一班学生陈书农、预科一班学生张国基等人的热烈响应。他们经常聚在一起，围绕毛泽东提出的“如何使个人及全人类的生活向上”等问题进行讨论。经过两年多的上百次讨论酝酿，最后形成一个共识，即：要改造社会，就必须“集合同志，创造环境”，以“革新学术、砥砺品行，改良人心风俗为宗旨”，以“改造中国与世界”为己任；要担此重任，就必须要有一个组织以团结、约束、统一大家的言行。为此，他们决定成立一个公开的、学术研讨性质的学会活动组织，即“新民学会”，并于1918年4月14日在长沙岳麓山刘家台子正式成立，时有会员20余人。毛泽东、蔡和森、何叔衡与上述一师同学共13人到会，会上选举肖子升为总干事，毛泽东、陈书农为干事，不久即由毛泽东全面负责学会工作。至1920年底，会员已经发展到70多人。在毛泽东的主持下，新民学会开展了一系列影响深远的重大活动：一是在1918年夏开始组织、动员会员和进步青年赴法国勤工俭学；二是在1919年5月至7月组织湖南青年和社会各界声援北京“五四”爱国运动，创办《湘江评论》周报和《新湖南》杂志，开展反帝反封建斗争；三是1919年11月至1920年6月，组织和领导了驱逐驻湘军阀张敬尧运动；四是在1920年8月至10月与彭璜等人创办文化书社，成立俄罗斯研究会，发起并组织湖南各界人士开展以“公民制宪”为前提的“湖南自治运动”。

《湖南省立第一师范学校职员学生一览表　民国四年八月》的发现，不仅对湖南师范教育的历史和整个民国教育史的研究有着重大价值，而且对毛泽东本人求学受教与身体情况，所学课程及学识水平情况、青年时期思想意识的形成情况等都有着极为重要的研究价值。特别是毛泽东在一师读书时的同班同学、教师、校友以及新民学会的骨干成员中有一部分还成为了中国共产党建党建军初期的卓越领导人或新中国的高级干部，对于湖南党组织的创立乃至整个中国共产党的早期活动都有着不可估量的价值。

鉴于毛泽东原始学籍档案中包含着已知和未知的重大历史研究价值，目前，芷江侗族自治县档案局党组已经决定将其确定为“镇馆之宝”，对原件实行安全严密的保护措施。对外只提供复印件，以利珍贵的毛泽东学籍档案永久保存，为研究毛泽东思想、中共党史和民国教育史作出贡献。

资料来源：唐召军《档案春秋》

浙大校友策反雷达所

2010年1月11日，国家科学技术奖励大会在人民大会堂举行。当84岁的数学家谷超豪从国家主席胡锦涛手中接过2009年度国家最高科技奖大红色的证书时，这位早已在科技界威名赫赫的数学家，第一次进入公众的视线。

人们也许无法把眼前这位儒雅的老人，与出生入死的地下党联系在一起。可年轻时期的谷超豪，曾在国民党的眼皮底下进行地下活动。其中，最令谷超豪引以为豪的，是新中国成立前夕与他的一些浙江大学校友参与策反雷达研究所。

记者循着当年雷达研究所起义的足迹，遍访当事人，惊讶地发现，那些曾与谷超豪并肩战斗的地下工作者，如今很多是中国科技界的泰斗级人物。在历史的转折点上，当年的莘莘学子们没有躲进书斋，独善其身，而是积极地投入到时代的洪流中。通过这些耄耋老人的回忆，六十多年前，那场以科学工作者为主角的谍战大戏，徐徐拉开了帷幕……

不速之客

1948年12月的一天，一位久未露面的老同学来到浙江大学找谷超豪。此人名叫张叶明，曾是浙大物理系的一名学生。上大学时，张叶明是浙大出了名的活跃人物，参加进步社团，组织学生运动，特别是在1947年5月席卷全国大学校园的“反饥饿、反内战、反迫害”运动中，在学生中做过很

谷超豪

多宣传工作。

当时，同在浙大数学系读书的谷超豪，也是一名学生运动的风云人物。在学生会竞选时，同学们曾以“赛先生（科学）+德先生（民主）= 谷先生（超豪）”的口号，高票推举他为学生会主要负责人。由此，两名进步青年在学生运动中，曾有过不少接触。

但自从 1947 年 8 月张叶明毕业后，二人便断了联系。此时，老同学突然造访，想必是有什么重要的事情。果然，张叶明告诉谷超豪，他正供职于国防部第六厅下属的雷达研究所。淮海战役打响以后，国民党军队节节败退，解放军很快便陈兵长江北岸，国民政府的首都南京，已经暴露在战争的最前沿。此时的南京，人心惶惶。国民党的军政机关纷纷南下撤往广州，雷达研究所也在撤离的名单中。由于搞不到火车皮和船只，雷达研究所只能先从南京撤到杭州，看看战事发展，再考虑是否继续南迁。

怎样才能阻止雷达研究所南迁？张叶明希望能得到谷超豪的指引。

此时，谷超豪的公开身份是浙江大学数学系的一名助教。一个大学老师似乎与一个高度保密的军事机构扯不上任何关系，更别说左右它的动向了。但张叶明甫到杭州便找到谷超豪，绝非病急乱投医，而是受了高人指点。

在北京中关村的一个普通居民楼中，记者采访了当年指点张叶明的这位高人——中科院自然科学史研究所教授许良英。

1947 年，在浙大物理系任助教的许良英担任中共浙大地下党支部书记。张叶明正是许良英的学生。由于学习刻苦，又热心进步活动，很早许良英就开始注意张叶明了。“但是他太活跃，所以我们没打算发展他入党。”虽然张叶明先生已经去世十几年了，但对于这位曾经的高足，许先生仍记忆犹新。

毕业以后，在许良英的介绍下，张叶明到无锡青城中学做了物理教师，后来才进入雷达研究所工作。可见，二人关系非同一般。正因如此，当张叶明回到杭州时，首先找到了许良英。

“我所在的浙大党支部主要负责学生工作，雷达研究所的去留问题，属于学校外的事务，不是我的工作范围。”许良英回忆。于是，他便让张叶明去找谷超豪试一试。

其实，许良英原本不知道谷超豪是地下党。地下工作非常秘密，为了避免互相牵涉，许良英所属的浙大党支部与谷超豪所属的城市工作系统并不发生横向联系。直到有一天，浙大党支部的一位学生党员吴大信想发展城市工作系统中的赵槐入党，两个同在浙大活动的地下组织才算碰了面。

谷超豪的主要工作是团结杭州的科技工作者，争取雷达研究所正是他的分内之事。与张叶明会面后，谷超豪把雷达研究所要南迁的事，报告给了他的上线联系人徐恭慧。雷达研究所立即引起了杭州地下党组织的重视。阻止雷达所南迁，成了谷超豪首当其冲的工作。

雷达研究所

为什么一个国防部的小小研究所会引起地下党的高度重视？“雷达当时可是一种先进武器。“二战”中，它与原子弹、导弹并称为三大新式武器。”曾在雷达研究所工作过的范复礼先生对记者说。

《国防部第六厅特种电讯器材修理所三十六年度（即 1947 年）工作报告书》中曾有这样一段描述：“日美中途岛海战，日海军以四倍优势兵力进袭美军，而美军利用雷达先发制人，日军惨败，日军当局遂认为雷达亦为出击重要武器……”

从文中不难看出，“二战”期间雷达刚刚起步，只有英美等少数几个国家拥有这项技术，连一度不可一世的日本，也是在吃了亏之后才开始重视雷达技术的。

武器装备落后的中国，则是在抗日战争之后才拥有雷达的。1945 年 8 月，日本投降以后，日本留在中国的大部分装备被国民党接收，其中就包括 100 多部雷达。1946 年 8 月，国民党军参谋总长陈诚下令：“降日所缴雷达机器，交由第六厅负责整修，并计划运用。”

1947 年 4 月，国防部第六厅在南京水西门灯笼巷 10 号买下了一座庭院式的旧房子，正式挂牌为“国防部第六厅特种电信器材修理所”，这便是雷达研究所的前身。叫它“修理所”可谓名副其实。范复礼告诉记者，国民党缴获的这些雷达均遭到不同程度的破坏。刚刚成立时，他们的主要工作就是修理这些旧雷达。

特种电信器材修理所刚刚成立，从浙大物理系毕业的郑乃森便分配到这里工作。从郑老生前写的回忆录中，可以得知所里的情况。

当时，特种电信器材研究所的所长叶彦世正在台湾接收日军留在那里的雷达，所里的日常事务由国防部第六厅的一名副厅长叶造甫主持。郑乃森他们的主要工作是修理日军留在马标仓库的四式雷达。

技术人员们以前只搞过发报机，并没有接触过雷达。对于雷达的接收机、发射机尚能根据电路原理摸索出来，可碰到调制器、显示器、超短波天线这些新家伙，就一头雾水了。一度，郑乃森和同事们一天到晚都泡在所里摆弄这些新式武器。但代理所长叶造甫对雷达却没有多少热情。雷达发射机调制器的电源是三相220伏，但南京电源是三相380伏。技术人员们提出要买一些纱包铜丝，将雷达原配的电源改装一下，可叶造甫却推说没有经费。几十年后，郑乃森仍对此事忿忿不平。他在回忆录中这样写道："叶造甫不愿花一分钱在雷达业务上，相反在餐馆摆酒席请各方面大人物是有钱的。"

不久，国民政府行政院又把从冲绳岛运来的美军旧雷达拨给特种电信器材修理所。1947年底，特种电信器材修理所已经修理了各种雷达76部。这些修好的雷达被陆陆续续发往国民党军驻守的各要塞。由于共产党军队还处在"小米加步枪"阶段，没有空军，所以雷达主要作为沿海及江防要塞的警戒之用，除台湾各要塞之外，在大陆江宁要塞、江阴要塞、青岛要塞、吴淞口要塞和南京狮子山要塞等，均设立了雷达站，用以探测解放军渡江船只。

1948年，特种电信器材修理所改名为雷达研究所，俨然已成为国民党的要害军事部门。

"科协"的地下活动

这样一个要害军事部门，怎么会潜入张叶明这样一位进步青年呢？张叶明在一篇文章中回忆，他之所以进入特种电信器材修理所，完全是浙大同学吕东明的主意。

吕东明是何许人？记者采访了我国著名冰川学家、中科院院士施雅风。施院士说："吕东明也是浙大的毕业生，他早在1938年就入党了，也是我的入党介绍人。"毕业以后，吕东明与施雅风同在南京的中国地理研究所工作。

1948年初，浙大进步学生于子三遭国民党杀害，国民党当局随即开始追捕进步学生社团"新潮社"成员。正在青城中学任教的张叶明也受到波及，不得不离开学校，到南京找吕东明想办法。

施雅风与吕东明的主要任务是搜集国民党的军事情报。这对于两个远离军事机构的技术人员而言，多少有些力不从心。于是，他们开始着手在各种与军事有关的部门中发展联系人。

就在这时，张叶明出现了。起初，吕东明想让他进国民政府中央气象局谋职，那里正好需要一名学物理的大学生。可当他得知张叶明的父亲与特种电信器材修理所的负责人叶彦世是同学时，吕东明意识到这也许是打入国民党要害军事部门的一个契机。

于是，张叶明打着父亲的旗号，找到了叶彦世。既是故交之子，又是浙大物理系的高材生，对于张叶明的加盟，叶彦世求之不得。很快，张叶明便被任命为特种电信器材研究所的上尉工务员。

此时，吕东明被调往上海，施雅风担起了与张叶明接头的任务。施当时是进步团体“科学时代社”和“科学工作者协会”的成员。这两个团体，表面上是中立组织，实际上核心成员都是地下党员。1947 年春，国民党已不允许进步团体公开活动。张叶明便在施雅风的介绍下加入了“科协”。

那时“科协”两周活动一次，大家凑在一起最关心的是当时的时局和中国的未来。施雅风叮嘱张叶明在所里要以灰色面貌出现，多交朋友。

范复礼与张叶明几乎同时入所，在张叶明的介绍下加入“科协”的。范老说：“我在学校的时候就认识张叶明，但那时我对政治不敏感，一心只想着‘科学救国’。”那时，张叶明经常偷偷把《科学时代》杂志，以及上海出版的民主报刊《文汇报》、《展望》和《文萃》等刊物拿到所里，并向大家介绍共产党的政治主张，传播爱国民主思想。

潜移默化中，所里这些“两耳不闻窗外事，一心只读圣贤书”的技术人员开始关心起政治来。郑乃森先生曾在回忆录中写了这样一件事：1948 年 9 月，辽沈战役打响，张叶明告诉郑乃森，可以自己改装短波收音机偷听解放区电台的广播。张叶明说：“叶彦世都在听，你不要声张就是了。”那段时间，郑乃森每晚都偷偷收听牡丹江电台的广播。《敦促杜聿明投降书》，宣布战犯名单，号召国民党军政人员保护好物资器材，都是那时从广播中了

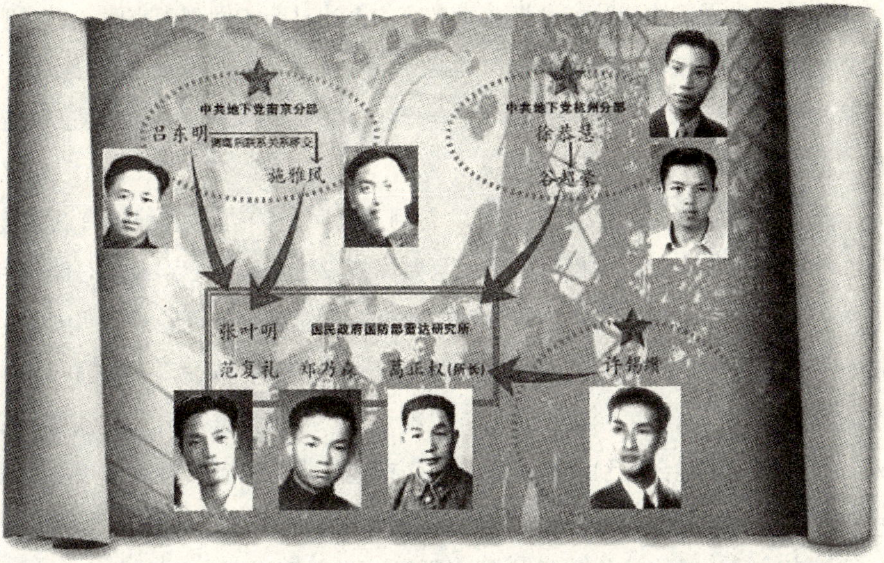

浙大地下党

解到的。1948 年 11 月的一天早晨，郑乃森突然接到叶彦世的电话，说海军需要一名雷达技术人员到台湾去，可以领双份薪金，问郑乃森愿不愿意去。郑乃森想都没想就回绝了。后来，叶又找到另一个年轻人周伦铨，他也拒绝了。

南撤杭州

1948 年 10 月，特种电信器材修理所改编为雷达研究所，物理学家葛正权被任命为所长，军统出身的原所长叶彦世任副所长。

不久，淮海战役打响，南京国民政府军政要员们纷纷携眷南逃。国防部也命令雷达研究所撤往广州。所里的技术人员大多是江浙人，不大愿意。

浙大校友程嘉钧早年曾在台湾工作。当年，叶彦世率领大队人马赴台湾接收日军遗留的雷达时，程在台湾地下党的授意下打入了雷达研究所。当时程嘉钧的任务是深入钻研掌握雷达技术，不要做任何政治活动，等待联络人。

果然，当程嘉钧随叶彦世押载着缴获的雷达从台湾回到南京时，吕东明找到了他。要撤往台湾的消息在雷达研究所中不胫而走。程嘉钧现身说法，以亲身经历向所内工作人员描绘了在台远离亲人，生活条件异常艰苦的图景，抵制南撤。

从程嘉钧后来的回忆文章中可以看到，当时所内进步分子中有两种意见。一种认为，南京解放指日可待，只要尽量设法拖延，拖到最后总能等到解放。另一种意见认为，违抗国防部的命令拒不撤离是不可能的，所内的雷达设备很有可能在国民党全面溃退前被炸毁，与其坐等被毁，不如趁一片混乱之际，以迁广州之名，暂时先到杭州避一避。所里技术人员大部分是浙江人，撤到杭州想必会得到大家的欢迎。南京地下党也感到，暂避杭州不失为一种以退为进的好办法。

说来也巧，撤往杭州的想法与副所长叶彦世不谋而合。在雷达研究所中，叶彦世可谓是国民党的死忠派，但面对节节败退的局势，作为杭州人的叶彦世盘算着，万一一败涂地他还可以回乡开碾米厂。因此他说："把研究所先拉到杭州，回家过了年再说。"

不料这时，国防部已命令海军拨出船只运送雷达研究所的人员和设备撤离。就在工作人员慢吞吞地开始为设备装箱时，一个小道消息在急于寻找舱位准备南逃的国民党军政要员中流传着："雷达研究所由于来不及准备，不走了，有关部门正在用分配给雷达所的舱位送人情呢。"听到消息后，一些手眼通天的人物先下手为强，很快雷达研究所的舱位便被一抢而空。有人甚至把家具也搬了上去。当国防部得知雷达研究所的舱位被抢时，大发雷霆。可法不责众，能抢到舱位的都不是等闲之辈，也只好不了了之了。

此时，所长葛正权派往江西和湖南的调查组也没找到合适的撤离地点，最终无功而返。无奈之下，国防部第六厅只得批准了雷达研究所先撤杭州再迁广州的计划。不久，雷达研究所 1156 箱器材、6 台雷达和大小车辆，以及 100 多名工作人员浩浩荡荡地从南京撤往杭州。刚到杭州张叶明就与谷超豪联系上了。

接过接力棒

与张叶明会面后，谷超豪马上汇报给他的上线联系人徐恭慧。与许良英所在的浙大地下党支部有完整的组织形式不同，谷超豪所属的城市工作系统是单线联系，也就是说徐恭慧是谷超豪与党组织的惟一联系人。

2010 年 1 月中旬，记者在杭州一个普通的居民楼里，拜访了已 93 岁高龄的徐恭慧先生。“我们接过了南京地下党传来的接力棒。”徐老记忆犹新，“其实，我最初在浙大的联系人并不是谷超豪。”

1946 年，在杭州一家公司做会计的徐恭慧成了杭州地下党的一员，他的弟弟徐恭恕正在浙大读书，他可以经常去浙大。谷超豪与徐恭恕正好住在同一个宿舍。

提到对谷超豪的第一印象，徐恭慧用了“智慧”二字。给他印象最深的是，一道数学题，弟弟徐恭恕需要做两个小时，而谷超豪只要 10 分钟就解决了。“他不但功课好，而且非常关心国家民族的命运。”谷超豪用自己在同学中的威信，影响了一大批人。

1948 年，徐恭慧在浙大的主要联系人徐恭恕、赵槐等同学纷纷毕业，只有谷超豪留校做了助教。徐恭慧记得，当时谷超豪介绍了雷达在军事上应用的重要性。“那时，雷达是新式武器，普通人听都没听说过。”徐恭慧说。

当时杭州地下党负责人柯里非常重视雷达研究所的事情，要求他们无论如何要阻止该所南逃，并确保设备不被破坏，迎接解放。

雷达研究所迁到杭州后，已没什么业务可做。利用空闲时间，张叶明与所内的进步分子参加了杭州“科时”和“科协”的活动。在所内成立了应变委员会。

最后通牒

国防部第六厅厅长钱昌祚突然造访杭州，是就研究所南迁来下最后通牒的。此时，叶彦世已经辞官不做，回他杭州乡下的老家开碾米厂去了。所内的工作由葛正权一人处理。

葛正权与钱昌祚私交不错，葛正权估计，钱昌祚此来也就是劝劝他，不会有什么实质行动。他知道，他这个中将所长的任免，也不是钱昌祚做得了主的。

果如葛正权所料，钱昌祚来所后，看到雷达所毫无南撤的意思，也无可奈何。不久前，国防部给雷达研究所拨了3万银元作经费，并指明由宁波银行支付。但兵荒马乱，所里没有一个人愿意冒着危险去取这么一大笔钱。此时，葛正权仍拿没钱作为理由抵制南迁，他的态度钱昌祚自然已心知肚明。

面对无可挽回的局面，钱昌祚留下一句“各自珍重”，便匆匆告别了。

钱昌祚曾以两万银元为诱饵，让葛正权把雷达运到宁波的军舰上去。党要求谷超豪尽量做好葛正权的安抚工作，如果雷达真的运过钱塘江，必要时可联系浙东游击队，在路上拦截。不过，葛正权显然已经铁了心不随国民党去台湾了。

在许多当事人的回忆中，都提到杭州解放前夕，葛正权曾收到一名地下党员的匿名信。这应当是他决意投奔革命的一个转折点。但对于这位来自另一条战线的神秘人物，当事人大都语焉不详。

记者在郑乃森先生的遗物中偶然发现了这位神秘人物写的回忆文章。他就是国民党元老许崇灏的长子、曾为解放军渡江提供过重要军事情报的地下党员——许锡缵。1945年底，留学美国的许锡缵回到国内进入国防部第六厅任科长。

葛正权正好是许锡缵的顶头上司。因为都留过美，二人相处甚欢。在许锡缵的回忆中，提到暂避杭州是他与葛正权共同商议后，又报请钱昌祚同意的。一个军事机构的动向，如果没有高层的决策很难成行。

1949年元旦，解放军准备渡江。在上级的同意下，许锡缵变换笔迹，以“中国共产党”的名义，给有可能争取到的国民党官员写了20封信。据许锡缵回忆，信的内容主要是动员国民党官员弃暗投明，保护财产和文件，反对逃台，争取主动，立功受奖等内容。其中一封便寄给了葛正权。

就在钱昌祚给雷达所下达最后通牒前，许锡缵来到杭州策反葛正权。名义上却是向葛正权借20大洋，以资生活。那一晚，许锡缵住在葛正权家，与其彻夜详谈。

葛正权之孙葛德炎回忆，“文革”期间曾有人找到葛正权核实情况。原来，一名曾做过葛正权司机的人坦白，由于看到葛正权对南迁事宜故意拖延，叶彦世曾指使他干掉葛正权。从没杀过人的司机接到任务后，整日神不守舍。葛正权以为他是害怕解放军攻城，便放他回乡去了。一场杀身之祸糊里糊涂地躲过了。

等待解放

1949年4月，杭州解放在即，此时，雷达研究所内的应变委员会也积极活动起来。

自从迁到杭州以后，国防部只给雷达研究所发了一个月的薪水。全所100多人的吃饭问题，成为头等大事。幸好，此时所长葛正权拿出了国防部给雷达所搬迁用的美金，以解燃眉之急。但杭州不能兑换美金，所内公推程嘉钧和另一名工作人员牛智德一起到上海把美金换成了黄金。

就在全所上下团结一心，等待解放时，所里却出了内贼。4月21日，解放军渡江成功，负责雷达研究所门卫执勤的卫兵撤走了。总务组长应宝华不知从哪儿弄来二三十支步枪和一些子弹，组织青年徒工，站岗巡逻。就在此时，有人发现应宝华的弟弟应宝骏竟开着汽车偷盗仓库中的器材。于是，大家剥夺了应宝华的指挥权，成立了军官护所班。

5月3日，人民解放军浩浩荡荡列队进城。当天下午，解放军接管了雷达研究所。雷达、器材物资、车辆和文件档案全部保存完好。我国惟一的雷达研究机构和研究人员成功回到了人民手中。

新中国成立后，雷达研究所迁回南京，归华东军区航空办事处领导。1950年4月，雷达研究所扩充了人员和设备，组建成空军电讯大队，后改称雷达第 101 营，作为人民空军第一支雷达部队，奉调东北，在抗美援朝战争中发挥了重要作用。

资料来源：黄加佳《数学大师谷超豪早年的一段传奇》(北京晚报)

书　斋

临危受命，接任武大第四任校长

徐正榜

周鲠生（1889—1971），又名周览，汉族，湖南长沙人。1889 年 3 月 6 日出身于一个贫寒的教书先生家庭。光绪三十二年（1906 年）赴日本早稻田大学留学，并加入中国同盟会。辛亥革命前回国，在汉口参与创办《民国日报》，宣传民主革命。1912 年与皮宗石、杨端六、任凯南等创办《汉口民国日报》。1913 年与好友杨端六等在汉口创办《民国日报》，并任编辑，抨击军阀专制，反对袁世凯独裁，因而报馆被查封，编辑人员被通缉。他逃往上海，改名周鲠生。1928 年积极参与国立武汉大学的筹建。1929 年 9 月任国立武汉大学教授兼政治系和法律系主任、法科所所长。1945 年夏任武汉大学校长（1945 年 7 月——1949 年 8 月）。他担任武汉大学校长期间，广揽贤才。抗战胜利后克服重重困难，学校由四川乐山复员武昌珞珈山，恢复农学院，增设医学院，使武大成为拥有文、法、理、工、农、医的著名综合大学。

父母早逝，孤儿得成大器

周鲠生幼年十分不幸。他 4 岁丧母，跟随在县衙门做录事（管文笔一类差事）的父亲生活。10 岁丧父，幸得父亲朋友相助，照顾他的生活并让他进入私塾念书。周鲠生少时读书聪颖，才智过人。13 岁就参加科举考试，居然以文章名列榜首考中秀才。在清末废除科举制后，周鲠生成为湖南省立第一小学首批考取的年龄最小的学生。由于他先天营养不足，又无父母周济，仅靠微薄的官费念书，常常是衣不暖体，食不果腹。然而他好学不懈，各科成绩名列前茅。

1906年，周鲠生17岁时，公费留学日本，在早稻田大学政治经济科攻读，随后加入了孙中山、黄兴等人组织的同盟会。辛亥革命前，周鲠生回国参加推翻满清王朝的斗争。在此期间，他与出身湖南望族的黄芳君结为伉俪。黄的长辈明知周鲠生是个“上无片瓦，下无寸土”的贫寒青年，但出于爱才，托名士为媒将长女许配于他。

婚后不久，周鲠生即来到武汉，和几个朋友创办了《民国日报》，反对袁世凯的专制统治，宣传民主革命思想。不久报纸被查封，他受到通缉而亡命上海。后来，在黄兴的支持和帮助下，他获得湖南省官费资助到英国留学。他先在爱丁堡大学攻读政法，后又转到法国巴黎大学继续深造，获得法国国家法学博士学位。此时正值第一次世界大战结束，各战胜国在巴黎举行“和会”，帝国主义列强强迫中国接受日本提出的丧权辱国的“二十一条”，激起了中国留学生的强烈愤慨。周鲠生和留英、留法的中国留学生一道，包围了在巴黎出席和会的中国代表，不准他在和约上签字。这时，国内爆发了轰轰烈烈的“五四运动”。海内外学生遥相呼应，掀开了中国革命新的一页。

学识渊博，文章誉满中西

1921年，周鲠生从欧洲回国，即在上海商务印书馆任总编辑；第二年应蔡元培的邀请，赴北京大学任教授兼政治系主任。1926年北伐开始后，他放弃北大教职，南下赶赴广州参加革命，后随北伐军来到武汉，旋又转至南京。南京政府成立时，他不愿当官，到东南大学任教授兼政治系主任。

1928年南京国民政府大学院长蔡元培任命他和李四光、王星拱、刘树杞、麦焕章、黄建中、曾昭安等人筹建国立武汉大学。随后他在武汉大学担任教授、法律系主任、政治系主任、教务长。由于他学识渊博，勤于钻研，他所用的教材都是他自己的著作和不断研究出的新成果，因此他的课堂里总是座无虚席，甚至窗外都挤满了学生。在1921年到1945年这二十几年里，周鲠生写出了十几本专著和上百篇重要学术论文，对培养我国政法界人才和推动该领域的学术发展起了重要作用。他的《国际法大纲》一书曾经是日本东京帝国大学法学部国际法科的指定参考书。他的《赢得太平洋上的和平》一书1944年在美国出版后引起国际法学界的兴趣和重视。

对抗“国联”，积极宣传抗战

正当周鲠生和李四光、王星拱、刘树杞等人创办武汉大学稍有头绪之时，1931年9月传来了日寇侵占我国东三省的消息，顿时，全校师生群情激愤。周鲠生在一次全校总理纪念周会上演讲，指斥政府不抵抗和退让的行径，认为不可相信美国能为中国说话，它出面调停的结果将对中国不利，并预料中日问题不是一时所能解决的，要求青年学生要做多方面的准备。随着日寇的侵略步步深入，在中华民族危亡的关键时刻，周鲠生以国际法为武器，积极站在宣传抗战的前列。

1932年，英国李顿爵士率领“国联调查团”来我国调查“九·一八”事变，某些团员偏袒日本帝国主义，说事变的发生起因于我国同胞抵制日货，是反日运动所造成的。周鲠生参与这次与调查团的谈话，他引经据法，结合事实，全团为之折服，为调查团后来撰写比较客观的报告，起了较好的作用。在抗战中，周鲠生不仅运用国际法学到处演讲鼓励抗战，而且身体力行地组织民众抗战和捐款捐物支援抗战。

迎难而上，出任武大校长

1945年7月初，抗战即将胜利的前夕，国民党政府教育部议定由周鲠生接任武大校长。周鲠生受任校长时，面临最紧迫的两大难题：第一，由于武大进步力量强人，斗争激烈，被特务密告的人和事颇多，校长左右为难。第二，抗战胜利在即，迁校复员武昌成了当务之急。周鲠生对于第一个难题的态度是效法蔡元培先生，决不无故开除一个学生。然而第二，抗战期间的珞珈山校舍，先是被日军野战部队占用，后又为日军野战医院和文职官员霸占。日寇投降后，珞珈山校舍表面上看依然宏伟，然而校舍内部设施却被破坏无遗。东还与西迁相比较更为困难：一是学校人员增加了两倍以上，师生员工总数已达 3290 人，还有大量的图书档案、仪器设备要装运，仅公物就有 939 吨。加上物价上涨了 2000 倍，西迁乐山时仅用 2.7 万元（法币，下同），经过十年的货币贬值，东还珞珈山却要 29.2 亿元。二是交通工具紧张，飞机、轮船等主要交通工具多为国民党行政官员和军队征用，学校复员只有靠木排和徒步。由于周鲠生校长的精心筹划安排，总算一个个地解决了。1946 年 3 月 10 日，第一批物资从乐山启航，同年 6 月 20 日首批人员起程。师生们历尽艰辛，终于全部平安东还；1946 年 10 月 31 日，先期到达珞珈山的师生们在学校礼堂举行了“武大成立十八周年暨三十五年度开学典礼”。

此时，周鲠生校长立即着手恢复农学院和设立医学院的工作。武大农学院在抗战前已粗具规模，西迁时奉命并入中央大学农学院。这次恢复，聘请叶雅各为筹备主任。早在 935 年，武大在东湖磨山一带购置了 5000 多亩农田果园和林场。8 年沦陷，大半荒芜，叶雅各主持了垦荒兴种修整，才使磨山林场重披绿装，到解放前夕，武大农学院已发展到农艺、森林、园艺、农化 4 个系。1946 年 10 月，武大又着手设立医学院，聘任李宗恩为筹备主任。医学院下设解剖学等 18 个学科，并在武昌东厂口设立附属医院，开办医护学校等。科学研究方面也出现活跃的好势头。在经费困难的情况下，仍然创办和恢复了一度被停办的刊物。

武大图书一向丰富，但是经过西迁东还的千里辗转，加上日寇敌机的轰炸破坏，损失严重，但在曾昭安教授主持下进行了一次大清理，此时图书仍有 154 455 册之多，为教学科研提供了较好的条件。武汉大学经过几十年的艰苦努力，教学质量和学术水平不断提高，得到国内外的称誉。1948 年 2 月 20 日，教育部国际文化教育事业处函告学校：英国牛津大学已认可武大毕业生在牛津之研究生地位，即武大毕业生前往牛津学习凭武大审查成绩即可入学。享有同等待遇的还有北大、清华、南开、中央、浙大及协和医学院。1948 年年底，中央研究院选举 1949 年度院士时，武大曾选出 9 个候选人。随着武大学术地位的不断提高，学校对国外的学术交流活动也日益频繁。

一腔正义，深受学生爱戴

周鲠生爱护学生，富有正义感。中华人民共和国成立前，国民党政府任命他为立法委员，他不接受，请他去做教育部长，他不答应。1947 年 5 月，在“反饥饿、反内战、反迫害”的全国学生运动中，武大进步学生要出版一张铅印的报纸《武大新闻》，请他题写报头，他欣然应允。这份学生报纸，专门报道校内外新闻和各地学运动态，抨击国民党的反动政策，最后被国民党武汉警备司令部以“言论荒谬，煽惑人心”的罪名，勒令停刊。

1947 年 6 月 1 日，武汉大学发生了震惊全国的“六一惨案”。国民党军警持枪杀害学生 3 人，打伤多人，还逮走了进步教授和学生。当时，周鲠生正在南京，闻讯后立即飞回武汉。他看到惨死的学生，悲愤地说：“我决心全力争取惨案的合理解决，被捕师生立即释放！”由于全校师生的斗争和他的奔走呼号，迫使国民党当局撤销了武汉警备司令彭善的职务，释放了被捕的师生，从优抚恤了死难之烈士的亲属，并保证不再发生类似事件。

1948 年 8 月，国民党“武汉特种刑事法庭”妄图以传讯的名义加害 18 名武大的进步学生。周鲠生明确表示，由校方、教授会及学生自治会的代表护送学生出庭，并成立以韩德培教授为首的法律顾问委员会，准备为学生辩护。由于师生的配合斗争，被传讯学生很快获保释放。

1949 年元月，国民党特务在武昌戈甲营逮捕了 7 名准备赴解放区的进步学生。消息传来，学生自治会代表找周校长出面要人。周鲠生坚决地说：“只要你们打听到下落，我可以去要人！”由于周鲠生和武汉其他民主人士的努力，以及学生的斗争，迫使国民党当局释放了被捕的学生。

周鲠生与学生在斗争中建立了亲密的友谊。1949 年 3 月 6 日是周鲠生

60 寿辰。武大地下党领导的学生自治会为周校长举行了一次祝寿活 动，还在武汉《大刚报》上发表访问记以扩大影响。学生们把周校长夫妇请到台上就坐，并致祝辞。最后，演出了一幕歌颂周鲠生夫妇的话剧，把老校长的形象搬上了舞台。

团结应变，拒绝迁校桂林

1949 年 4 月上旬，爱国民主人士李书城、张难先等人召集各界人士，成立武汉市临时救济委员会——遵照陈毅、刘伯承的指示，安排好欢迎解放军入城的一切事宜。此时的白崇禧自知大势已去，企图在逃跑前对武汉进行大破坏。武汉三镇一时谣言四起，社会秩序一片混乱。为了稳定学校秩序，周鲠生积极邀请李书城等人前来给师生作形势报告，消除了人们对解放军的各种疑虑。

武汉临近解放时，白崇禧又命令武汉大学迁校桂林。周鲠生当面予以拒绝。1949 年 4 月，他在学校团结应变迎解放的座谈会上公开表态："在任何情况下，绝不迁校!"周鲠生还对学校的安全和师生的生活作了妥善安排。他说：学校安全，"则有待于群策群力，团结联防，互助应变，切实开展各项工作，始能共度难关"。关于师生生活，他"保证学校负责筹措五六两个月，甚至七月的粮食及日常用品。"周鲠生在学校紧要时刻，临危不乱，态度明朗坚定，稳定了全校人心，最后，把武汉大学完好无损地交给了新中国，为新中国的高等教育事业作出了贡献。这个功绩，后人不会忘记，将会记入史册。

链接一：自成一派的国际公法理论

周鲠生教授先后发表过大量论文著述，其中在其原著《国际法大纲》的基础上，写成的《国际法》是世界国际法学中自成一派的法学著作，在我国的国际法学界具有权威地位。

在《国际法》这本书中，周鲠生阐述了他的国际公法理论，首先他认为，国际法按其字意来讲，意味着它是国家间的法律，具体说来，它是国家相互关系上行为的规范。从实质上说，国际法是在国际交往过程中形成的，各国公认的，表现这些国家统治阶级意志的，在国际关系上对国家具有法律约束力的行为规范。现在各国际法学家在阐述国际法概念时也都取自周鲠生教授的这一概念。

在论述国际法的主体时，周鲠生教授指出，在国际法关系上国家是享受权利、承担义务者，即所谓国际人格者，因而国家是国际法主体。国家作为国际法主体的基本特征在于它具有主权，国家主权是国家作为国际法主体所固有的，是当然存在的，并不是国际法所赋予的，反之，国际法是在主权国家相互交往的事实基础上形成发展起来的。国家的基本权利包括自保权、独立权、平等权和管辖权，他强调权利和义务两者是关联的，国家享有权利，同时也有不侵犯别国享有的权利的义务，国家违反这种义务，就构成了侵权，对此要承担责任。这一理论现在已经被国际法学界所公认。

链接二：周鲠生“智荐”李济

1948 年初夏，武汉大学校长周鲠生邀请了几位校外学者到武大讲学，其中之一就是鼎鼎大名的胡博士。第一天讲座的主讲人是胡适和李济两位。李济先生是中央研究院的考古学家，当时武大没有考古专业，大多数同学对李先生比较陌生，不少人主要是慕胡适的名而来。当胡适、李济两人同时出现在讲坛上时，挤满了大礼堂的听众眼巴巴地望着周校长，看他怎样安排这两位客人“亮相”。

周鲠生校长站在讲台正中，环视全场听众之后微笑着说道：“我们今天请来了两位贵宾，一位是北大校长胡适先生，姓胡名适、字适之，另一位是中央研究院的著名考古学家李济先生，姓李名济字济之。他们两位的名和字是不谋而合啊！胡适校长昨天给我开玩笑说我把他们两人‘押上（珞珈）山’来了！大家知道，我对考古学是一窍不通，好在胡适校长是无所不通，现在就请他代劳给大家介绍一下李济之教授，好不好?”这时，全场报以热烈的掌声。胡适被推到前台说道：“你们的周校长是我的老朋友，他才是博古通今哩！他非常谦虚，要我来‘跳加官’，其实，我和大家一样，今天是来听李济之先生的讲座。”接着，他简要地介绍了李先生的情况。随即李济之教授也寒暄了几句才言归正传讲了起来。周鲠生校长安排这两位学者的“出场”进退得体，事后传为美谈。

《向中国大学说不》(连载一)

2009年9月17日凌晨2时，32岁的浙江大学海归博士涂序新从浙大综合楼顶楼坠落自杀，这距他到浙大工作不到3个月。

涂序新坠楼前留下一封6页遗书，遗书上有这样一段话："在此时刻，我认为当初的决定下得是草率的，事后的发展完全没有预计，感谢一些朋友事前的忠告。国内学术圈的现实：残酷、无信、无情。虽然因我的自以为是而忽视。"

在美国西北大学土木工程系拿到博士学位并进行博士后研究的涂序新，在2009年6月，作为浙江大学"1311工程"引进的1000名学术骨干之一（所谓"1311计划"是指100位大师、300位核心人才、100个创新团队、1000个学术骨干），为什么只工作了短短3个月就以跳楼自杀的方式绝然而去？他为什么如此绝望？如此快地崩溃？

谁也不清楚涂序新在毅然决然从11层楼跳下前经历了怎样的痛苦挣扎。他选择以这种方式了结自己的生命，固然有心理脆弱的因素，但他在遗书中所称的"国内学术圈现实：残酷、无信、无情"，似乎已说明他最后的学术信仰的垮塌，或许，这是压垮他的最后一根稻草。

涂序新的死以及他留下的遗书，让人们又一次将关注的目光投向中国的大学，那个被称之为"象牙塔"的地方。

"象牙塔"晶莹剔透，神圣而高贵。那原本是一片纯净的地方。然而近年来，发生在"象牙塔"里的一桩桩丑闻正在让它失去神圣的光环，并成为滋生学术腐败的土壤：

2009 年 5 月 21 日，一位自称小萧的网友在“天涯社区”论坛的“天涯杂谈”版发表了一篇题为《史上最牛硕士论文抄袭，直接用替换键搞定，我无语了》的帖子：

昨晚在期刊网上查资料的时候，无意中下载了这两篇硕士论文，看着题目就觉得有点诡异，打开来细看，我 Kao，原来真是抄袭的啊，而且抄得还特别夸张，直接用替换键搞定。学术造假的新闻、论文抄袭的故事咱也听多了看多了，但看到这样抄袭的还是第一次，这可是硕士论文啊……”

小萧所说的“史上最牛硕士论文抄袭”，指的是东北财经大学袁某 2007 年的硕士学位论文《山东省 FEEEP 协调度研究》。而被抄袭的是南京财经大学曾某 2006 年的硕士学位论文《江苏省 FEEEP 协调度研究》。

小萧将两篇论文进行比对后说：“这两篇论文整体框架完全一样，除了把‘江苏’两字替换成‘山东’，把江苏的统计数据换成山东的统计数据，以及一些统计指标的对比排序结果稍微改变之外，从摘要到目录到文献综述到正文分析再到后面的对策几乎完全一样，就连参考文献的排列顺序也一模一样。”

小萧一共列出了 5 处内容，分别摘自论文的中文摘要、第一章、第三章、第四章和第五章。从贴出的内容看，两篇论文的内容几乎完全一样。

小萧说，他是在中国知网搜索“人口与经济”这一主题的相关论文时发现的，这两篇论文都被作为“引证文献”，被显示在一篇题为《区域人口与经济、社会、资源环境协调发展评价研究》的论文的下载界面上。该页面还显示，这两篇硕士学位论文都被收录在“中国优秀硕士学位论文全文数据库”中。

小萧在下载完相关论文后，很快就注意到上述两篇学位论文题目相似。他先看了山东那篇的摘要，再打开看江苏那篇的，发现摘要很相似，于是开始对两篇论文的内容进行认真对比。小萧发现，尽管两篇论文的数据和一些分析指标排列存在一定的差别，但是论文的结论和其他部分完全一样。他感到十分震惊。并把发现抄袭论文的事告诉了自己的导师。导师告诉他可以去举报。小萧不知道去哪里举报，于是就在天涯社区的“天涯杂谈”、经济论坛和凯迪社区的“猫眼看人”板块上发了这个帖子。

这个被冠以“史上最牛硕士论文抄袭”的帖子很快在互联网上流传开来。有的人对抄袭现象表示了惊讶和愤怒，也有的人不以为然，认为目前论文拼凑和抄袭的现象很常见，没什么可大惊小怪的。让小萧气愤和悲哀的是，竟有人认为他将此事“曝光”的做法“损人不利己”，还可能“别有用心”。

小萧说：“没想到有那么多人骂我，土壤如此丰厚，也难怪学术如此腐败，抄袭如此猖狂了。”

在“史上最牛硕士论文抄袭”曝光后，有人举报了一起更牛的论文抄袭——湖北工业大学教师胡某的硕士学位论文与被抄袭论文比较后，发现除“致谢辞”外，竟一字不差。胡某凭此论文通过答辩，从华中师范大学获得自考硕士学位。

这一事件被曝光后，华中师大文学院从中国期刊网数据库拷贝下两篇论文，逐字核实，并质询胡某本人。很快，胡某承认抄袭，并向媒体坦承“是一念之差”、“论文是网上下载的，但并非‘一字不差’，还是做了改动的”。调查核实后，华中师大在校园网首页公布“关于撤销胡某硕士学位的决定”，并通报给胡所在的湖北工业大学。时隔一天，湖北工大即通报了处理结果：一是“令其本人写出书面检查，对胡本人予以严肃批评教育”；二是“给予行政记过处分”。

“史上最牛”纪录的不断刷新，说明了当下研究生论文抄袭现象的严重性。人们在谴责造假者学术不端行为的时候也不禁会问：他们的导师为什么不把关？负责硕士学位论文审核的专家学者为什么会让一篇冒牌的论文轻易过关？

2008 年 10 月发生的一桩“论文造假事件”也许能给上面的问题一个答案。

据《中国新闻周刊》报道，2008 年 10 月 11 日，中国药科大学药理学教授、博士生导师戴某接到 International J Cardiology(《国际心脏病学杂志》，以下简称 IJC）副主编函件，指戴某实验室投至该刊的一篇论文与另一本期刊上已发表的论文十分相似，要求解释。审阅后，戴某发现，先他一步发表的“孪生论文”第一作者贺某，是两年前从他的实验室毕业的博士。

两篇“孪生论文”，所用药物不同，动物病理模型一为心肌病，一为心肌梗死，却得出了完全一致的数据和图表，甚至有部分相关段落文字都相同。因为贺某在戴某实验室读博的三年期间，并未出现造假行为，戴某对两稿审阅格外细致，但最后仍确定：贺某剽窃实验室资料，拼凑伪造出了一篇造假论文，并已发表。

贺某 2006 年 6 月进入浙江某大学药学博士后流动站从事研究，合作导师是某院士、学校聘任的药学院院长。2008 年 7 月，即事发前三个月，贺某被这所大学聘为副教授。

2008 年 10 月，戴某将 IJC 的函件与两篇论文的 pdf 格式全文，一并转发给贺某所在的学校，要求对方调查。学校调查组的调查结果显示：贺某共计发表 8 篇假论文，除一篇在 2007 年发表外，其余 7 篇均在 2008 年 6 月后刊出，即贺某受聘副教授前后。而所有造假论文的作者栏里，均列有某院士的姓名。

论文造假事件发生后，该校校长接受了《中国新闻周刊》记者的采访。据他介绍，该校收到反映贺某论文造假的邮件后，相继成立了院、校两级调查组，当天即着手调查此事。在整个“贺某论文事件”处理过程中，学校共核查了贺某及其所在研究室相关人员涉嫌学术道德问题的论文 20 篇，其中贺某涉及论文 9 篇。除作为合作者的 1 篇论文外，贺某作为第一作者的 8 篇论文均不同程度地存在剽窃、抄袭原博士导师实验数据，以及一稿两投、部分图表数据张冠李戴、重复发表、擅署他人名字、擅自标注基金资助、捏造知名专家帮助修改英语等严重学术不端行为。鉴其问题确凿，本人供认不讳，学校做出了撤销贺某副教授职务和任职资格，解除聘用合同的决定。

该校校长坦承：这个实验室一共发表了 20 多篇文章，现在查出其中十几篇有程度不同的学风问题，学风和管理确实存在问题。

处在这起造假事件风口浪尖上的某院士，于 2008 年 12 月 26 日给学校发函说明：他（贺某）私下剽窃原博士导师的研究资料造假论文，除 1 篇外，均在2008年6月以后才陆续刊出，这些文章不是我的课题，也不是我指定他做的课题，更不是国家973课题。他如何剽窃、造假、投稿及两次发表论文等，事先我一无所知，直至最近被揭发后我才知道。

该院士在接受《钱江晚报》记者电话采访时说：

“去年10月，我去美国参加会议，其间国内有人打电话给我，说网上流传贺某出事了。这是我第一次知道有关贺某论文造假的事。”

“我在该校兼职做药学院院长，因为北京的工作很忙，去学院的时间不多，一年去5至6次，每次在杭州呆3至5天。这点时间大部分用于处理药学院的重大事务，留出一天，把博士研究生召集起来，讨论选题、研究方向等等。”

“按规定，两年后博士后要出站，他（贺某）很想留药学院。但想要进高校，尤其是名牌高校，对学术水平要求很高，竞争很激烈，他想多发几篇文章，却又写不出那么多，于是就把以前记录下来的导师戴某的研究资料整理出来，写成论文发表。并在论文后署上我的名字以及是某某基金支持的研究课题等，其实我完全不知情，因为这些研究项目都不是我的课题。”

同时他也表示：“作为药学院的院长、博士后流动站的负责人、贺某的合作者及指导人，我负有疏于管理的责任。”

学生论文造假已不是个别现象。一位刚刚毕业的博士研究生说，他所在的学校规定，就读期间必须有3篇论文在有刊号的正式期刊上发表。他读博期间，共发表论文5篇，其中有4篇是从网上下载别人的论文拼接而成的，发表的都是小刊物。他说：“知道这些论文都是凑数的，所以也不想下工夫去写，学校只看数量不看质量。”他说经常有“中介”到校园来介绍能发论文的刊物，没知名度的刊物一个版面一般收500元版面费，有点知名度的一个版面要1000元左右，核心期刊就更贵了。他的博士论文是自己写的，但是花了1500元请人修改。学校规定：毕业论文必须在核心期刊发表。为了使论文能在毕业前发表，他不但给一家核心期刊交了3000元版面费，还给了中介500元的“疏通费”。他说如果不“疏通”就很难保证论文能如期发表，因为有很多论文在排队。

这位博士的自述其实已经道出了论文造假背后的深层原因，除了学术道德的缺失，许多高校规定研究生获得学位的条件之一是必须在核心期刊发表一定数量的论文，无形中成了造假现象的幕后推手。

这个现象还造就了畸形的“论文枪手产业”。某市有一家代写代发论文的“枪手”公司，该公司不但明码标价，居然还设有枪手业绩排行榜，价格昂贵，生意却异常火爆。那些想不劳而获的人，想沽名钓誉的人趋之若鹜。

在学位论文造假事件层出不穷时，也有人指出，此现象的出现板子不能仅仅打在学生身上，“教不严，师之惰”。“史上最牛硕士抄袭论文”之所以能通过上述重重关卡屡屡出现，除了抄袭者缺乏基本的学术操守和学校管理存在疏失外，其指导老师负有重要责任。当前，很多导师自顾不暇：一些导师热心于四处讲学扩大影响力，收取可观的讲课费；一些导师专注于行政职务谋划自己的前程；一些导师为考核指标所累，自己埋头写书、写论文；还有一些导师醉心于办辅导班赚取经济利益。在这种情况下，学生一个学期也难得跟导师见上几次面，导师们又怎么可能有精力去指导和修改学生的论文呢？

另外，连年的扩招，使有的学校一个导师带几十名甚至上百名研究生，导师对自己的学生有些连名字都叫不上，如何“具体指导”！

一位研究生告诉笔者，她上研究生3年期间，只见过5次她的导师，平均一个学期见面机会不到一次，而面对面的谈话仅有一次（不超过半小时），那是她的论文开题，她送开题报告的时候。

一位毕业多年的研究生回忆说：“当年我们写研究生论文，首先要做开题报告，然后是预答辩，最后是答辩，在论文撰写期间，导师还会进行具体指导并对论文进行修改。答辩完后，有的还需根据答辩组老师的意见进行相应修订。可以说，只要中间任何一个环节稍微认真一点，类似‘史上最牛硕士论文抄袭’事件就根本没有机会出现。”

资料来源：吴苾雯《向中国大学说不》

大讲坛

杨端六（1885—1966），原籍江苏常州，祖辈落籍湖南长沙。清光绪二十九年（1903 年）毕业于湖南省师范学堂。1906 年赴日本留学，先在日本宏文学院学习现代中学课程和外国语。留日期间加入中国同盟会。1930 年后一直受聘于国立武汉大学，曾任法学院院长等。1938 年，武汉大学由武昌迁往四川乐山，杨任迁校委员长。中华人民共和国成立后，任武汉大学教授，兼任中南军政委员会财经委员会委员。1956 年参加中国国民党革命委员会。1966 年 9 月 30 日去世，未留下骨灰，终年 81 岁。本文是 1935 年 1 月 14 日在总理纪念周上的演讲，讲述的是青年的出路问题，这些问题也是现在我们的青年学子所面临的，对我们仍然具有重要的指导意义。

青年的出路问题

主席、各位同学、各位先生：

今天要讲的题目，我因为未曾充分研究，不能有多大的意见。不过，我认为是一个很重要的问题，所以根据我历年来的经验和最近对于社会环境一般的观察，稍微说一说。

什么叫做青年的出路？据我看，有两种意义：第一种意义是生活的维持和工作的获得。第二种意义是生活的向上和工作的兴趣。生活的维持和工作的获得，是一般的社会问题，不仅是青年出路的问题，是人类一个最低限度的要求。生活和工作是两件事，不是一个问题，尤其是青年如此。比方一个人有了一笔干薪而无事可做，虽然生活问题可以解决，但是他必不愿意，因为工作也是人生必需的一个条件。第一种意义的出路在一般社会虽然是一个很重要的问题，但在青年不算是什么了不得的事。青年要想得到最低限度的生活和工作，大概是不很难。不过，青年对于这种生活和工作是不会满足的。他所希望的是生活如何可以向上、工作如何有兴趣。生活向上，可以分为地位、权力、财富、名誉等方面。有的人得到其中的一方面或二方面，有的人得到另一、二方面，全部得到的却不多。有的人视其中之一、二可贵，其余不足贵的，即使得到了也不算什么。总而言之，一个人对于生活各方面毫无向上的希望，世间很少，并且也不是一件好事，因为一个人无向上的志愿，社会是不会有进步的。尤其是青年，将来居社会的中坚，不能不有向上的心思。因此，我们对于青年要求改进他在社会上的地位，是很表同情的。

但是，从实际上观察又是怎样呢？我们常常听见说："毕业即失业。"

这是第一种意义的出路没有。这种叹声还比较地不多听见。此外还有工作太辛苦啦，待遇太薄啦，工作无兴趣啦。待遇太薄里头，还是有绝对和相对的区分，绝对的是不够维持生活，相对的是待遇不公允。这种种不平之声是表示第二种意义的出路没有。我们再从社会一方面看，社会对于青年的不满，也是时常听到的。第一是能力不足。我记得报上曾经有人说过，美国人的能力两倍于德国人，德国人两倍于俄国人，即美国人四倍于俄国人。如果我们的能力只有俄国人的一半，那美国人就要八倍于我们了。我们虽不敢自居下流如此，但一般人的能力薄弱是不可讳言的。青年初出茅庐，尤其使社会感觉他的能力薄弱，有许多地方，大学毕业的青年反不如一个中小学毕业的青年，而要求待遇之高不是中小学生所能比。我们虽然可以说，大学生的将来是很有希望，不过在用人的机关看来，将来不是现在，不能解决当前的问题。第二是见异思迁。一个新毕业学生往往脱不了在校读书的习气，以为一方面做事，一方面还可以继续求学，不料到了社会以后，事与愿违，每天工作六七小时以后，不仅在工作时间内得不到新的知识，就在工作时间以后，也感觉精疲力尽，再不能自己用功。因此，在办事期间，常常想变动位置，对于一部分工作自己觉得已经有了经验，就想换一个新的事业来练习；在一个机关站久了，就想换一个新的机关来满足他向上的欲望。殊不知，社会用一个青年是要给薪水的，是要青年做工作，不是在那里开学校。它的组织是固定的，不是随时可以变更的。它用一个青年，花了很多金钱和时间，等到稍为熟练就跑了，是多么不划算的事。第三是不负责任。社会对于初出山的青年，是希望他将来能负责任。在未明了他的性质以前，虽然不能给他以重大的责任，但是青年是可以随时表现他自己的。现在有许多青年每每以为责任未在身上，不愿意有所表现，譬如办事潦草，时常请假，都是不负责任的行为。

我们从两方面看，各有它的不平不满之声。这些都是事实，都有不可磨灭的原因。两方面都是对的，不能说哪一方面独是。我们研究这些不平不满的原因，可以分为特殊和共同的两类。特殊的原因很多，比方家庭的关系、朋友扶助的关系、社会组织不同的关系、学校教育良否的关系、本人所遇机会不同的关系都是。即就机会来说罢，我们学校当局介绍新毕业生的职业，为公允起见，每每先介绍成绩较优的学生，但是结果第二次的机会反较第一次的为佳，而反介绍给成绩较差的学生。这既不是介绍人的不好，也不是社会组织的不好，也不是毕业生本人的不好，是不得不归咎于各人的气运。至于共同原因，一则是政治经济的共同状况，二则是本人自身的志向与能力。现在求职的艰难，一部分是世界与中国的政治经济不良的缘故。自从“九一八”日本人占据东三省之后，中国的富源失了一大部分，有许多青年弄得无路可走。本人的志向与能力如何是共同的原因呢？这是说，如果一个青年没有上述的种种特殊原因，他在社会上应该得到同等的机会，其所以不然，是他自己的志向和能力有差别，本是一件最公平的事，在这种情形之下，青年算不得受委屈。他要解除他的表面上不平而实际上很平的不良待遇，他须得自己努力。我们对于前述那许多特殊原因，无法可以使其消灭，对于共同原因第一种，政治经济的状况，也不是容易解决的事，只有对于共同原因第二种，本人自身的志向和能力，所发生的困难，是很希望青年十分觉悟去设法解决。

在贡献意见于青年，使他了解第二种共同原因，而设法解决他的困难以前，我想做一个简单的青年出路比较观。先拿中日两国来说。1930 年至 1931 年，日本公私大学共 40 校，学生人数共 69 606 人，毕业生共 20 423 人。据教育部最近发表的统计，1932 年度，我国公私大学、独立学院及专科学校共 104 校，在校学生共 42 710 人，毕业生共 7 311 人。以在校学生比全国人口，日本约为千分之一，中国约为万分之一。以毕业生比全国人口，日本约为万分之三，中国约为十万分之一点五。由此可见，中国学生的出路尤其是毕业生，比日本大多了。再拿中国今日的学生与昔日的读书人来比较。清初乡试、会试都是每三年举行一项。乡试规定各省取录举人名额，少者为贵州，不过 40 名，多者为顺天，为 168 名。湖广本是 100 名，在雍正二年分闱以后湖北为 50 名，湖南为 49 名。会试取录进士名额，清初无定额，少者二百余名，多者三百余名。今日的大学毕业生，仿佛和从前的举人一样，差不多各省都有大学。由此看来，现在大学毕业生比从前多好几倍，一方面可以表示中小学经过的青年可以多得上进的机会，一方面也可以说，这许多每年从大学出身的新举人比从前就职要难些。但是我们要知道，今日青年出路之大，非昔日所能比。政府里面添了许多从前所没有的机关，如铁道部、交通部、实业部等；就是旧有的机关，如财政部，也添了许多关税、盐务、统税等新机关；甚至军事部分也有许多可以容许青年插足的地方。民间事业，如银行、公司、工厂，都是规模日大，需要新人才日多；尤其是农业经济，将来可以吸收无量数的青年。再就新旧人物来比较。我们平常听说，学生之所以无出路，是由于旧人把持。究竟怎样叫做新人，怎样叫做旧人，界限很难明了。如果由学校毕业的叫做新人，则是现在各机关各级人员，大半都是新人。我们一翻政府职员名录，不是从学校出身的很少。我们一看各公司的职员，也是如此。如果以新自学校毕业的为新人，则现在所谓旧人，在数年前也是新人，现在所谓新人，在数年后，都会变成旧人。这个问题，我们既没有明白的界限，也不易找出数字来统计。我以为最好的办法是实行文官考试及任免制度。一则社会可上正当的轨道，二则新陈代谢，青年得到相当的出路。现在财政部属下有几个机关，如海关、盐务、稽核所、交通部属下的邮政局，都已逐渐采用这种制度。财政部的各统税局近来也有这种趋势，这些是值得我们赞许的。

最后，我对于本校同学有几句话要说。现在社会组织不好、环境不好，虽然是不可讳言的事实。但是，青年自身的责任是一点都没有吗？胡适之先生有四个药方，登在去年6月24日《大公报》：一、“总得时时寻一个两个值得研究的问题”；二、“总得多发展一点业务的兴趣”；三、“总得有一点信心”；四、“总得先自己反省，不可专责备别人，更不必责备社会”。他的话虽然似乎把许多特殊的原因太忽视了，所以引起徐梅女士在7月7日《大公报》上发表一篇质问的文字，但是徐女士所举的不平事例，也正和胡先生所举的公平事例一样，都是一个特殊的例子，不能举以概括一切。我们不能说胡先生所说的都是对的，现在中国的社会对于青年都是很公平；但是我们也不能说徐女士所说的都是不错，现在中国的社会对于青年都是不公平。我前面已经说过，那许多特殊的不平之原因，是急切不能消除的，我们对于青年说话，只有请他们自己想想，如何能够“尽其在我”，如何努力奋斗，才能打破恶劣的环境，达到自己所期望的目的。讲到这里，我可以分为两层：一、是进身之阶；二、是向上之路。各位同学初毕业时，所恃以为进身之阶的，第一是在校成绩，第二是言语行动。自然，有许多青年平常在校的成绩很是平平，而将来很能负重任干大事。但是这是例外，尤其是学校当局介绍毕业生于各机关，除成绩外，很难得到适当的方法。现在本校年龄也一年一年地大，介绍的学生也一年一年地愈多了，将来不见得每年能多数地介绍出去，一般的同学以后应该自己也设法图谋出路，同时学校方面恐怕不能不凭成绩来帮助。其次，言语行动也是青年进身的要着。上次陶天南先生在本校纪念周上也曾提出这个问题。现在因时间的关系，我虽然不能再详细举出例证，但我觉得这是个紧要事项，青年万不可忽略的。一个机关用人，虽然也可以凭成绩选择，但是成绩不是万能的，在尚未能了解青年的性情以前，用人的人除非从言语行动上观察，再也不易想出别的方法。这是第一印象，关系于青年进身的成功或失败大小。

关于向上之路，我有几个意见贡献于各位

第一，是要立志。这虽是一句老生常谈，却是千真万确的真理。一个青年之所以潦倒，十有八九是志气委靡不振的缘故。如果他真是立场向上，我想没有不成功的。

我现在提出两个具体的话：其一，不可早婚。在未毕业的同学不要说，就是初毕业的同学，最好也不要急急于结婚。婚姻是人类大事，自然不可免，而且早婚也有早婚的好处。但是在目前的社会环境，早婚不是一件好事。一个青年没有家室之累，多么自由，经济上也不容易感受压迫；一旦结了婚，就为家庭所束缚，行动都失了自由。其二，《书经》上说过，“不作无益害有益，功乃成”。这是包括为人处世的一个总诀。除婚姻问题外，我把它来概括其余的事件。青年之所以可宝贵，是在他对于未来的世界有很大的希望。“四十五十而无闻焉，斯亦不足畏也矣。”不作无益是节省时间的

方法，就是成功的基础。

第二，是培养能力。培养能力的方法很多，我现在提出两个。一个是作业训练，一个是业余研究。青年每每说、每每想，做事的时候无法上进。他以为学校毕业后，还是和在校一样，有先生指导，继续读书，继续得到新知识，不料一入实际社会，先生就找不着了。殊不知，整个的实际社会就是他的先生，随时随处都可以找得到他的先生。只要他留心、肯学，什么人都可以做他的先生。我常常看见许多青年，并未受过高等教育，就入实际社会，不到几年，自然而然地得到许多别人不易得到的经验。他不必常常和人谈天，耽搁他自己分内的工作才可以学习；他只要暗地里注意别人的言语行动，就可以发现许多为人处世的秘密。

讲到业余研究，自然需要一副多余的精神。在初出茅庐的青年，这种精神也可以相当地保有，横竖是时间的问题。时间最公平的，每一个青年都有一二十年的宝贵时间，不会比较地很多，也不会比较地很少，只看各人如何利用罢了。

第三，是表现能力。青年之所以湮没不彰，虽然也有他的不幸，太史公所以长叹息在此。不过一般地说，大多数是自己不能表现自己的能力所致。社会上认识你的人，怎样知道你有能力？除非你在做事上可以自己表现。社会上不认识你的人，怎样知道你有能力？除非你在文字上可以自己表现。中国是文字国，我们文、法两院学生更不可不知道，这是一个出路。

第四，是责任问题。今日中国所需要的青年是能负责任的青年。如果他果能负责任而肯负责任的话，那责任必定找到他身上。责任是义务，同时又是权利。青年如果不愿意向上，他可以不必求学、不必做人，只跟着释老的末流，披发入山可矣。如果他愿意向上，则非肩负一种两种责任不可。责任在于治人，所治的人越多，责任越大。责任在于守法，社会组织越复杂，法律越是重要，越是在高位的人越要遵守。有许多青年不知如何准备担负将来的责任，无意识地把光阴耽搁了，把机会错过了，及至责任轮不到自己身上，反怪社会的冷酷无情。责任如水、如空气、如光、如电、如以太，充满了世界，只要青年自己去负担罢了。

第五，是报酬问题。现在的青年每每不满足社会对他的待遇。这里面很有值得同情的。尤其是今日的习惯，在初进身的青年，一旦得到较低的报酬，以后很难变动。在用人的机关，也有他们的苦衷。他们常常错认了有用的青年，在当初，不肯给以较好的待遇，乃至知道了青年的能力以后，又往往为环境所牵挂，不能改变。因此，青年不免怀抱消极的态度，不愿意努力工作。这是一个困难。还有一部分青年，自以为能力很足，但是在没有得到相当报酬以前，不肯白卖气力。在用人的机关，则非先得到青年自己能够表现他的能力，不肯给以较好的待遇；他们以为待遇提高了，若是能力不增加，不能再降低待遇。两下相持，每每使青年丧失了许多机会，社会也发生无人之叹。这又是一个困难。想解决这种困难问题，我以为在青年自身。他当初的受屈，固是冤枉，但并不是永无挽救的方法。只要他随时随处从责任上着想，遇机会就可以担负起来，到那时不怕没有相当的报酬。孔子说“禄在其中矣”，我最后向青年贡献这一句话。

资料来源：杨端六《国立武汉大学周刊》第224期